KB166929

이상하고 소란스러운

우표의 세계

이상하고 소란스러운

우표의 세계

서은경 지음

현암사

이미 사라진 우표를 사용한다는 것

요즘 편지 한 통을 보낼 때 우편 요금을 얼마나 내야 하는지 아는가? 몇이나 되는 사람이 이 질문에 "그렇다." 하고 대답할지 모르겠다. 세상 사람의 절반 정도는 알까 싶다.

여기에 답할 수 있는 사람의 비율은 나라에 따라서 다를 것이다. 여전히 우편을 이용해서 생활에 필요한 서비스를 신청하고 해지하는 나라에서는 우편 요금을 잘 알 수밖에 없을 테니까. 하지만 한국은 더는 그런 일에 우편을 이용하지 않는 나라다. 스마트폰을 조작하기만 해도 모든 것이 처리되는 곳이니까.

만약 꾸준히 우표를 구입하는 사람이라면 특별히 외우지 않아도 우편 요금을 알고 있을 것이다. 가장 기본적인 우편 요금에 맞춰서 우표 금액이 정해지니까. 하지만 이제 우표를 구매하는 사람도 드물다. 우표를 파는 곳도 찾기 힘들 뿐더러, 우체국에 가면 무게에 맞는 요금을 바코드로 출력해 준다.

사람들이 우편 요금을 잘 모른다는 사실을 여실히 느낄 때가 있다. 단 한 번도 우표를 사본 적도 편지를 보내본 적도 없다는 세대의 물음표들을 인터넷에서 만날 때다. 자신이 좋아하는 아이돌이 군대에 가서 위문편지를 쓰고 싶은데 어떻게 보내야 하는지 모른다는 글을 정말 많이 보았다. 한번은 누군가 친절히 달아준 답변까지 보았는데, 우표 구매 방법을 알려준 마음씨는 좋았지만 정보 자체는 틀린 부분이 있었다. 현재 우편 요금이 330원이라고 설명을 달아놨지만, 그 질문과 답변이 오고가던 당시에도 이미 우편 요금은 인상되어 380원이었다. 지금은 더 오른 430원이다.

편지는 문자와 이메일로 대체되었다. 아니, 문자도

옛이야기다. 이제 문자도 거의 쓰지 않고 메신저 앱과 SNS가 대신하고 있다. 그리고 사람들은 예전의 그 '편지'를 '손 편지'라고 부르기 시작했다. 사람들은 예전처럼 우표를 쓰지 않는다. 우표를 쓸 곳이 사라졌다.

심지어 우표가 계속 나온다는 사실조차 모르는 사람들도 있다. "바코드 우표 말고 그림으로 된 우표가 아직 나와요?"라는 질문을 종종 받을 때마다 나와 다르고도 다른 세상에 사는 사람들이 많다는 점을 자꾸만 깨닫는다. 내게 바코드 라벨은 우표가 아니며, 그림으로 된 우표만 우표이거늘. 우표의 인쇄 비용마저 절감해야 하기 때문인지 이제는 특별히 얘기하지 않으면 '일반우표'조차 편지 봉투에 붙여주지 않는다.

스마트폰으로 톡을 보내고 봉투에는 바코드를 붙이는 것이 기본이 된 세상이다. 그런 세상에서 나는 엽서에 우표를 붙여 보내는 일을 취미로 삼고 있다.

내가 우표를 언제부터 모았는지 정확히 기억나지는 않는다. 최근, 오래된 수집품 파일을 확인해 보다가 2002년 월드컵 우표를 발견했다. 올해가 2023년이니 우표를 모은 지 벌써 20년이 넘은 걸까.

우표 수집은 한때 국민학교를 다니던 이들의 흔한 취미였다. 나도 당시에 우표를 모았다. 그 당시에는 사용되지 않은 새 우표를 산다는 생각은 하지 못했다. 그저 집에 온 우편물에 붙어있는 우표를 물에 불려 떼어내고 이 말린 뒤 우표첩에 꽂았다.

그때 모아둔 우표첩을 살펴보면 알 수 없는 외국 우표들이 가득하다. 이 외국 우표들을 어디서 얻었는지 정확히 기억나지 않는다. 문구점에서 구입했던 것도 같은데 그 우표들은 우편물에서 떼어낸 진짜 우표였을까? 그냥 모양만 우표인 종이 조각이 아닌지 이제야 의구심이 든다.

우표가 흔하지 않은 시대가 되었지만 우표 모양의 문구류는 아직도 소비되고 있다. 사람들은 여전히 우표 모양 스티커와 마스킹 테이프를 만들어 일기장을 꾸민다. 초등학교에서 크리스마스 씰을 강매당하던 추억이 있는 세대라면 어린 시절을 떠올리며 이런 우표 모양 문구류를 즐기는 게 당연할지도 모르겠다. 하지만 실제 우표를 본 적이 드문 세대조차 우표 모양 문구를 좋아하는 것을 보면, 우표에서만 느낄 수 있는 매력이 있는 것 같다. 우표에서 느껴지는 아날로그적인 분위기 때문 아닐까?

한국에서는 도어 록이 보편화되었고 특별한 경우가 아니면 더 이상 열쇠를 사용하지 않는다. 필연적으로 열쇠고리, 즉 키링도 필요 없는 존재가 되었다. 하지만 최근 특정 세대와 사용자층에서 키링이 다시 유행했다. 무선이어폰 케이스를 꾸미거나, 가방에 키링을 다는 것이 하나의 문화로 자리 잡았기 때문이다. 나도 유행에 탑승해 내 마음에 드는 키링을 직접 만들어봤다. 나중에 소개할 우표와 관련된 도장 모양을 따서 주문 제작을 했는데 마음에 쏙 들었다.

이처럼 한때 사라진 것 같은 물건이 새로운 쓰임으로 되살아나는 때가 있다. 우표를 본따 만든 스티커를 꾸밈용으로 쓰듯이, 이미 사용된 실제 우표(이하 사용제 우표)를 스티커와 비슷하게 사용하기도 한다. 다이어리나 엽서, 봉투 같은 데 예쁜 우표를 붙여 꾸미는 것이다.

나는 주로 봉투를 꾸밀 때 사용제 우표를 사용하는데 꾸미는 능력이 부족해서 그냥 우표를 좀 붙이는 것으로 마무리하고는 만다. 사용제 우표를 나처럼 쓰는 이들에게 사용제 우표는 우표 모양 마스킹 테이프나 우표 모양 스티커와 다를 바 없다. 사용제 우표를 봉투에 붙이는 건 요금 지불과는 하등 상관이 없다. 이미 사용된 우표이기에 정말 장식적인 의미에서 붙일 뿐이다. 그러니 이런 일을 왜 하는지 이해하지 못하는 사람들도 있다. 내게 왜 봉투를 꾸미느냐고 묻는다면 그저 상대방이 예쁜 것을 받고 기분이 좋아지길 바라기 때문이라는 다소 이해받기 힘든 대답밖에 할 수 없다.

이 책은 우표 취미, 줄여서 우취에 관한 나의 이야기다. 나는 우표 한 장을 사기 위해 아침부터 줄을 서고, 도장을 찍기 위해 우체국 위치에 맞춰 여행 루트를 짜고, 외국에서도 엽서를 보내는 행사에 참여한다. 이런 나의 열정에 공감을 해주실 분들도 있겠지만 연달아 "왜?"를 연발하는 분도 있을 것이다. 나는 그 "왜?"에 대해 그저 그게 취미라는 답밖에 할 수 없다. 취미란 게 그런 거 아닐까. 그 당사자에게는 대단한 의미가 있지만, 아닌 사람에게는 의문만 남기는.

우표로 글을 쓰면서 다양한 SNS에서 주기적으로 우

표라는 단어를 검색해 봤고, 아는 사람들에게 직접 우표에 대해 묻기도 했다. "우표는 어디서 팔아요?"라는 질문이 주기적으로 올라오는 것을 보면서 어릴 때 문구점에서 우표를 팔던 기억이 났다. 더 이상 문구점에서는 우표를 팔지 않고 문구점도 많이 사라졌다.

"이 광활한 우주에서 이미 사라진 책을 읽는다는 것." 알라딘 중고서점 품절/절판 도서 코너의 대단한 홍보 문구다. 나는 이 문구를 보면서 우표를 생각한다. 언젠가 우표도 이런 얘기를 하게 되는 날이 올까.

이 광활한 우주에서 모두가 바코드 선납 라벨을 사용할 때 이미 사라진 우표를 굳이 찾아내어 붙인다는 것.

차례

줄 서서 가져야 할 것들

··

줄을 서야 하는 상황이 온다면 그냥 다른 곳에 가버리는 사람이 있는가 하면, 줄을 서서라도 원하는 것을 얻어야 하는 사람이 있다. 안타깝게도 나는 후자의 사람으로, 줄 서기와 인연이 몹시 깊다. 내 부모님은 좋은 유치원을 가야 그 친구들하고 초등학교에서도 친하게 지낼 수 있다며, 두 분이 번갈아서 밤새 줄을 서 나를 유치원에 등록했다. 그런 부모님을 보고 자라서일까. 갖고 싶은 것이 있으면 줄을 서는 것을 당연하게 생각했다. 비록 밤샘이 필요할지라도.

나의 첫 밤샘 줄 서기는 고등학생 때였다. 좋아하는 가수의 공연 앞자리 티켓을 사겠다고 지금은 존재하지도 않는 제일은행 앞에서 밤새 줄을 서서 기다렸다. 요즘은 인터넷으로 모든 공연 티켓을 판매하지만, 인터넷 티케팅 같은 건 없던 시절이었다. 그렇게 오래되지 않은 과거의 일인데, 이런 이야기를 종종 하면 거의 '소학교'에 다닌 사람을 보는 듯한 반응이 돌아온다.

그때나 지금이나 줄 서기에 관한 나의 마음가짐은 같다. 줄을 서기까지 했는데 원하는 좌석을 얻지 못하는 불상사가 일어나서는 안 된다. 그리하여 그때도 지금도, 줄을 서야 하는 일이 생긴다면 언제나 과할 정도로 일찍 선다. 그때 나는 결국 원하는 좌석을 얻었고, 공연은 밖에서 보낸 새벽 시간 모두를 다 보상하기에 모자람이 없을 정도로 만족스러웠다.

지금 다시 하라면? 할 수 있다. 오히려 하고 싶다. 하룻밤만 줄 서서 티켓을 얻을 수 있다면 얼마든지 할 수 있다. 누구라도 보고 싶을 몇몇 공연들이 클릭 몇 번도 시도하기 전에 다 매진되는 요즘은 줄 서는 것만큼 공정한 것이 또 어디 있나 싶다. 나의 느린 컴퓨터와 누군가의 빠른 컴퓨터는 동등하게 경쟁할 수 없으니까.

　내 줄 서기의 역사에서 우표를 빼놓을 수는 없다. 인기가 많은 우표는 많은 사람들이 원한다. 예쁘고 종류가 많은 우표는 인기가 많다. 그래서 예쁜 기념우표가 발행되는 날이면 우체국 앞에 줄이 생긴다. 나는 기꺼이 그 줄에 합류한다.

　우표는 크게 두 종류로 나눌 수 있다. 일반우표와 기념우표다.

　일반우표는 말 그대로 일반적인 우표, 통상적으로 쓰이는 우표다. 보통우표라고도 불린다. 소액인 10원부터 등기우편 기본 요금인 2,530원까지 다양한 금액대가 있다. 우편 요금이 중량에 따라 달라지다 보니 우표를 골라 조합해 붙이다 보면 10원, 50원짜리 소액 우표들을 많이 쓰게 된다.

　여러 나라에 엽서를 보내고 받다 보니 많은 나라의 일반우표를 보게 되었다. 통상적으로 쓰이는 우표이다 보니 일반우표에는 그 나라에서 무엇을 가장 중요하게 생각하는지가 담기는 것 같다. 아니, 중요하게 여기는 게 뭔지는 몰라도 적어도 나라마다 특징이 있다. 영국의 일반우표에는 여왕의 얼굴이 있고, 독일의 일반우표에는 독일의 꽃 사진들이 생생하게 실려있다. 일본 일반우표는 파스텔 톤의 따뜻한 색감에 사슴, 다람쥐 등의 동물들이 귀엽게 그려져 있다.

그런데 현재 우리나라의 일반우표는 약간 일관성을 찾기가 힘들다. 현재 통용되는 일반우표는 동물과 식물, 음식, 문화재까지 다양한 주제를 담고 있다. 2021년에 동시에 발행된 10원, 50원, 100원, 500원, 1,000원도 나비, 유과, 새, 나무, 한글로 주제가 각각이다. 교체되기 직전에 쓰였던 10원 태극기 우표나 70원 홍월귤까지 생각하면 더 기준을 모르겠다. 혹시 소액 우표는 이전에 나왔던 새, 열매 우표들의 연장선인 걸까? 1986년 12월 10일에 발행된 일반우표 80원권 다섯 종은 홍여새, 꾀꼬리, 청호반새, 후투티, 파랑새로 모두 새였다.

그래도 고액권 우표의 공통점은 대충 알 것 같다. 문화재라는 것이다. 1,930원 경주 황오동 금귀걸이, 1,960원 분청사기 상감 연화당초문병, 2,130원 백자 청화구름 용무늬 항아리, 2,180원 국정추묘, 3,550원 대한제국

2021년 이후 발행한 일반우표

10원	큰주홍부전나비
50원	유과
100원	긴꼬리딱새
430원	태극과 훈민정음
500원	산사나무
520원	무궁화
1,000원	한글, 대금
2,530원	청자 퇴화초화문 표주박모양 주전자 및 승반, 천마총 관모

국새 황제지보까지. 이런 고액권 우표는 등기를 보낼 게 아니라면 붙일 일이 없다 보니 직접 볼 일이 적다.

일반우표가 늘 쓰이는 일반판이라면 특별판도 있는 법이다. 바로 기념우표다. 매달 두 종 정도 발행되는 기념우표는 한정된 양만 찍어내는 특별 한정판이다.

우리나라 기념우표는 대부분 한국과 관련된 주제로 나온다. 문화재나 전통 문화는 물론이고, 뮤지컬이나 애니메이션처럼 한국을 빛낸 문화 콘텐츠, 해안도로나 명산처럼 국내의 아름다운 풍경도 우표로 나온다. 대선이나 로켓 발사 같은 중요한 국가적 이벤트가 있으면 돌발적으로 관련 우표가 나오기도 하고, 때때로 다른 나라와 함께 주제를 정해서 같은 디자인으로 합동 우표를 내기도 한다. 어떤 기관이나 단체의 ○○주년을 축하하는 우표가 나올 때도 있다.

우체국에서는 매년 연 단위로 우표 발행 계획을 발표한다. 어떤 주제의 우표가 어느 달에 나올지 미리 이야기해 주는 건데, 우표를 모으는 사람들은 그 계획표를 보며 마음에 드는 주제의 우표 발매를 기대한다. 연말이면 달력에 다음 해 기념우표 발행일을 표시하는 것이 우표를 모으는 사람들, 즉 우취인의 새해 계획이라고 할 수 있겠다.

우취인들은 사전에 발표되는 다음 해 기념우표 발행 계획표를 보고 이전에 나온 우표의 후속 시리즈가 나오는지, 새로운 시리즈가 시작되는지, 마음에 드는 주제가 있는지를 확인한다. 발행 계획표에는 소형 시트가 나오는지의 여부와 우표 종수도 적혀있다. 참고로 소형 시트는 우표 낱장이 열 장 이상 들어있는 전지와 달리 1~4장 정도의 적은 수의 우표만 들어있는 손바닥만 한 작은 우표지다.

기념우표는 주제마다 나오는 종수가 다르다. 만약 네 종이라면 전지 한 장에 네 종류의 우표가 각 서너 장씩 들어있다. 만약 열 종이 발행된다면 전지 한 장에 한 종류씩만 들어가는 게 일반적인데, 이런 경우 전지 한 장을 사도 각 우표 낱장은 한 장씩만 가질 수 있으니 구매 경쟁은 더 치열해진다.

그러니 정말 정말 아름답고 발행량이 적고 종수까지 많은 우표가 나온다면, 줄을 서도 사기 힘들어지게 마련이다.

2015년 2월 27일 금요일 아침 일곱 시, 나는 대전 시청 지하철역 3번 출구에 위치한 우체국 앞에 섰다. '밤하늘 별자리 이야기'를 사기 위해서였다.

그해 가장 인기가 있었던 우표는 단연 '밤하늘 별자리 이야기' 우표일 것이다. 2015년 발행 계획이 발표되었을 때 '별자리'라는 주제는 많은 사람들의 로망을 자극했다. 2월에 발행되어서 다행이라며, 연말에 나오는 것이었다면 한 해를 그 우표만 기다리다 보낼 뻔했다는 농담을 우표 수집 동호회 회원들과 했을 정도다.

'밤하늘 별자리 이야기' 우표는 예뻤고 또 예뻤다. 밤하늘을 담은 이 우표는 천궁도처럼 동그랗게 배치되어 있었다. 크기가 다른 두 개의 원이 중심을 공유하며 겹쳐져 있는데, 바깥쪽 원에는 그리스 신화와 관련된 열두 별자리가, 안쪽에는 사계절을 대표하는 별자리 네 가지가 실렸다. 총 열여섯 가지의 우표가 한 전지에 담긴 셈이다. 우표 바깥쪽 변두리에는 각 별자리에 해당하는 그리스 신화 이야기도 간단하게 적혀있었다.

우표 모양이 일반적인 사각형이 아니라 중심이 잘린 부채꼴이라는 것도 특별했는데, 특별한 우표에 특별함을 더하고 싶었던 건지 스티커 우표이기까지 했다. 외국 우표에서는 종종 볼 수 있지만 한국에서는 스티커 우표가 흔치 않다. 그러니 나는 이 우표를 꼭 사야만 했다.

우체국에서는 취미우표 통신판매라는 제도를 운영한다. 매회 받을 우표의 수량을 지정하고 돈을 미리 지정 계좌에 넣으면 새 우표가 나올 때마다 입금해 둔 금액에서 해당 금액만큼 차감한 뒤 우표를 집으로 보내주는 제도다. 일종의 구독 서비스라고 생각하면 될 것 같다. 우표를 모으는 분들이 이 서비스를 많이 이용한다.

취미우표 통신판매 제도는 신청은 인터넷에서 해도 각 지역 우체국에서 관리했다. 각 지역의 우체국에서 우표를 확보한 뒤 그 지역 구독자들에게 보내줬다.

각 지국에서 관리하는 게 힘들었던 건지, 최근 기념우표 사전예약판매라고 해서 인터넷 우체국에서 일괄적으로 관리하고 자동 결제되는 구독 시스템을 도입했다. 조만간 취미우표 통신판매 제도를 중단하고 이걸로 전환할 거라는 소식을 들었는데 이 글을 쓰고 있는 아직은 둘 다 서비스하고 있다.

어쨌든 '밤하늘 별자리 이야기'가 나올 때는 기념우

표 사전예약판매 제도는 없고 취미우표 통신판매 제도만 있을 때였다. 나는 당시 취미우표 통신판매 서비스를 이용하지 않고 매번 우체국에 직접 찾아가 우표를 구매했다. 우표를 원하는 만큼 사기 위해서였다.

전지 10장을 구입하길 원하셨으나
저희가 확보한 물량이 부족해 3장만 보냅니다.

인기 우표가 발행될 때면 취미우표 구독자들은 종종 이런 안내를 받았다. 각 지국에서 운영하는 탓인지, 인기가 너무 많은 우표라면 종종 사람들이 신청해 둔 수량만큼 확보할 수 없는 듯했다. 여러 사람에게서 경험담을 들었던 나는 이런 안내를 절대로 받고 싶지 않다는 이유로 늘 발품을 팔았다. 그리고 '밤하늘 별자리 이야기'에 관해서 그건 탁월한 선택이었다.

취미우표 통신판매를 신청하면 발행일 며칠 전에 미리 우표를 받는다. 그런데 '밤하늘 별자리 이야기' 우표를 받은 사람들이 인터넷에 글을 올리기를, 몇 장을 구매 신청했든 한두 장밖에 받지 못했다고 했다. 한두 장으로는 만족할 수 없었다. 나는 전지로 최소 다섯 장은 필요했다. 그래서 아침 일찍 우체국으로 가기로 했다.

다소 이르다고 볼 수도 있을 오전 일곱 시. 주위에는 아무도 없었다. 1등이니 못 사지는 않을 것이다. 무조건 우표를 손에 넣을 수 있게 됐다는 그 사실 하나로 기뻤다. 당일에 가도 매진이라 사지 못했던 경험을 생각하면 이르게 가는 게 나았다. 원하는 우표를 사기 위해서 한두 시간 정도 줄 서서 기다리는 것은 내게 대단히 큰일이 아니었다.

추위를 피해 우체국 중문 안쪽에서 기다리고 있으니 다른 사람들이 하나둘씩 오기 시작했다. 보통 이렇게 열성적으로 우표를 구매하는 사람들은 우표를 오랫동안 모아온 중노년 남성들이다. 젊은 여자가 혼자 덩그러니 서있으니 우표를 구입하려는 사람이라고는 생각할 수 없었나 보다. 아저씨들은 허공에다 대고 이런저런 말을 했다.

"우체국에 급한 일이 있어서 왔나 보네."

"많이 급한가 보네."

내게 직접 물었다면 "아닌데요, 저 우표 사러 왔어

요."라고 대답했을 텐데 아무도 내게 왜 줄을 섰는지 물어보지 않았다. 8시 55분에 확인하러 나온 우체국 직원이 "우표 사실 분들 줄인가요?"라고 줄 선 사람 모두를 향해 물었을 때, 나는 드디어 "네."라고 대답해 경쟁자라는 사실을 알릴 수 있었다.

대전에서 가장 큰 우체국인데도 전지가 스무 장만 들어왔다고 했다. 1인당 구매 수량 제한은 없었기에 내가 열 장, 아니 전부 살 수도 있었지만, 원래 사려고 했던 다섯 장만 구매했다. 이후로 서너 명이 나와 비슷한 양을 구입했으니 그 뒷사람들에게는 우표가 돌아가지 않았다.

우표를 구매한 뒤 만족스럽게 귀가하려는 내 앞을 우표를 사지 못한 사람들이 막아섰다. 아까 언급했듯 우표를 열심히 모으는 사람은 대개 아저씨들이고, 그곳에서 나만이 젊은 여자였다. 우표를 산 다른 아저씨들에게는 안 통해도 내게는 호소가 통할 거라고 생각했던 것 같다.

"아가씨는 우표가 그렇게 많이 필요하지 않을 것 같은데 전지 두 장만 사갑시다!"

"가격은 좀 더 쳐줄 테니까!"

연신 죄송하다는 말을 하며 우체국을 빠져나왔다. 나는 누구에게 무엇이 죄송했던 걸까. 지금의 나였다면 더 잘 대답할 수 있을 텐데, 그때의 나는 나이 많은 사람들을 공경해야 한다는 인식이 강해 다른 말을 하기 힘들어했다.

무사히 우표를 확보하고 집으로 돌아가는 길, 휴대폰으로 계속 커뮤니티 새 글 알림이 왔다. 우표 관련 커뮤니티에 들어가 보니 이번 우표 거래 가격이 심상치 않다며 사람들이 우표 중고 거래 사이트의 캡처를 올려대고 있었다. 판매를 시작한 지 한 시간이 채 지나지 않았는데, 액면가의 세 배의 가격으로 거래되고 있었다.

이 글을 쓰면서 문득 궁금해져서 다시 중고 가격을 찾아보니 지금은 액면가의 두 배보다 조금 더 비싼 가격으로 판매되고 있다. 당시 우표 요금이 300원이었고 총 열여섯 종이니 원래는 전지 한 장에 4,800원이다. 그런데 중고가가 만 원이다. 세 배는 되지 않지만 어쨌든 두 배보다는 비싼 가격. 우표 하면 수집 재테크를 떠올리는 사람들도 있지만, 사실 거래 가격이 이렇게 높아지는 건 매우 드문 일이다. 얼마나 많은 사람들이 이 우표를 갖고 싶어 했던 걸까?

나는 단순히 소장하기 위해 그 귀한 우표를 전지로 다섯 장이나 구매하지는 않았다. 우표를 모으지만, 우편을 보내는 용도로 쓰기도 한다. 나처럼 우표를 사용하는 수집가에게 우표는 많을수록 좋다. 온전히 보관하는 데만도 전지 한 장이 필요하고, 초일 봉투니 맥시멈 카드니 하는 우표 관련 수집품을 제작하려면 뜯어서 쓸 분량도 필요하다.

그리고 편지와 엽서를 보낼 때도 붙여야 하지 않겠는가? 예쁜 우표는 어디에 붙이더라도 그 값을 한다. 편지 봉투에 그냥 그것 하나만 무심히 툭 붙여도 예뻐 보인다. 게다가 내 눈에 예쁜 우표는 다른 나라 사람에게도 예뻐 보이는 법이다. 가지고 있으면 다른 나라의 예쁜 우표나, 엽서와 교환할 기회가 늘어난다. 그러니 다섯 장만 산 것은 오히려 욕심을 자제한 결과였다고 하겠다.

그 당시에 구매했던 '별자리 우표' 우표 전지 다섯 장 중 세 장은 지금도 그대로 갖고 있고, 두 장은 전 세계로 떠나보냈다. 밤하늘의 별자리를 담은 엽서와 편지 봉투 32장이 세계 곳곳에 있다고 생각하면, 지금 당장 가진 우표 중 가장 예쁜 우표를 붙여서 또 편지와 엽서를 쓰고 싶어진다.

이렇게 줄 서서 가져야 할 것들이 많은 나는 남들보다 행복할 일이 많은 사람이지 않을까.

이 우체국에는 특별한 도장이 있나요?

대다수의 사람들이 신경 쓰지 않는 것을 정말 열심히 온 힘으로 좋아하는 사람이 주변에는 꼭 하나씩 있다. 물론 나도 그중 하나다. 뭔가를 좋아하다 보면 관련된 다른 물건들도 덩달아 좋아하게 되는 경우가 생기곤 한다. 내 경우 우표를 좋아하다 보니 필연적으로 좋아하게 되어버린 것이 생겼다. 바로 '우편 도장'이다.

우편 도장, 그러니까 소위 말하는 '소인'은 정확히 '(우편)날짜도장'이라고 한다. 우표를 재사용하는 것을 방지하기 위해 우편물에 붙은 우표 위에다가 사용했다는 의미로 찍는 도장 말이다.

날짜도장은 언제 어디서 우편물을 발송했는지 날짜와 장소를 표시하는 역할도 한다. 모든 날짜도장에는 날짜와 우체국명이 기본으로 기재되어 있다. 그래서 나는 우편물을 받았을 때, 이 사람이 어디서 며칠에 이 우편물을 보냈는지, 도착하기까지 며칠이 걸렸는지 확인하기 위해 날짜도장을 유심히 살펴보고는 한다.

하지만 우편물에 찍힌 날짜도장이 제대로 보이는 경우는 드물다. 직원이 급히 찍고 치우는 탓인지 잉크가 번지거나 밀려서 글씨가 뭉개지기 일쑤다.

나는 이걸 또 암호처럼 해독하고 있다. 뒷글자는 산이 분명해 보인다. 'ㅇ산'이라는 지역이 어디 있을까. 부산? 울산? 일산? 산으로 끝나는 지역이 너무 많아 특정하기 어렵다. 하지만 그래도 추측을 이어갈 단서는 남아있다. 우편번호다.

날짜도장에는 우체국명과 함께 그 우체국의 우편번호도 함께 기재된다. 우편번호에는 지역을 나타내는 규칙이 있다. 현재 사용되는 우편번호 다섯 자리 중 앞의 두 자리는 시·도를 나타내고, 세 번째 자리까지는

철인.
일반적으로 쓰는
날짜도장이다.

롤러인.
넓은 면적에 소인을
찍을 때 쓴다.

펜 소인.
펜으로 그어 우표를
말소한다.

시·군·자치구, 그 뒤 두 자리는 일련번호다. 서울시는 01~09니까 0으로 시작되는 우편번호라면 다 서울에서 보낸 셈이고, 경기도는 10~20이니까 1로 시작한다면 다 경기도인 셈이다.

우리나라는 1970년 7월 1일부터 우편번호 제도가 도입되었다고 한다. 그러니 그 전의 날짜도장들에는 우편번호가 없을 것이다. 우편번호 도입 이전에 찍힌 날짜도장을 살펴보면 우편번호가 있을 법한 위치에 대부분 12-17이라는 숫자가 적혀있다. 가끔은 0-7, 7-12이 찍혀있기도 하다. 이 뜬금없는 숫자는 이는 접수 시간이라고 한다. 12-17이 많이 찍혀있는 것은 대부분 그 시간에 대부분 접수해서 그런 듯하다.

날짜도장에는 여러 가지 종류가 있다. 일반적으로 받아보는 우편물에는 날짜와 우체국 이름, 우편번호만 적힌 동그란 도장이 찍혀있다. 찍는 부분이 고무가 아닌 철로 만들어져 있어 철인이라고도 많이 부른다. 말소표시해야 할 우표가 많으면 물결무늬가 들어간 롤러 도장을 이용해 쭉 밀어서 찍기도 한다.

때때로 도장을 찍는 대신 펜으로 우표를 그어버리는 펜 소인을 접할 때도 있는데, 다른 사람이 올린 사진을 보기만 해도 수집가 입장에서는 비명이 나온다. 대체 왜 예쁜 도장을 두고 우표에 낙서를 하는 거예요?! 가끔 소인 안 된 우표를 집배원이 발견해서 볼펜으로 적어서 말소하는 경우도 있다고 한다. 하지만 집배원이 깔끔하게 '우'라고 적어준 모양보다는 그냥 선을 찍 긋거나 엉망으로 낙서해 놓은 경우를 더 많이 봤다. 이런 볼펜 테러는 주로 해외 우체국에서 일어나는 것 같다.

어쨌든 이런 평범한 날짜도장이 아닌, 수집가를 혹하게 하는 특별한 날짜도장이 있으니 바로 관광우편날짜도장과 기념우편날짜도장이다. 이 특별한 디자인의 날짜도장들은 나름의 한정판이기 때문에 정말 수집가를 위한 것이다.

관광인이라고 흔히 부르는 관광우편날짜도장은 명칭에서도 알 수 있듯이 관광지와 관련되어 있다. 우체국이 위치한 지역의 명소, 특산물, 문화재 등이 도장에 그려져 있다. 꼭 그 지역 우체국에 가야만 이용할 수 있는데, 없어지거나 새로 만들어지기도 한다. 현재 전국 각지의 우체국에서 400여 개가 넘는 관광인이 사용되고 있다.

서울중앙우체국에 가면 숭례문과 동대문 디자인 플라자 도장을 찍을 수 있다. 제주남원우체국에는 귤, 영덕우체국에는 대게, 나주우체국에는 나주배 도장이 있다. 고성우체국에는 오광대탈춤, 안성 보개우체국에는 남사당놀이 도장이 있다. 진해우체국의 도장에는 늠름하게 서있는 이순신 장군과 현대 군함이 함께 그려져 있다. 이처럼 관광인은 그 지역을 대표할 수 있는 것들, 그 지역이 대표로 삼고 싶은 것들을 드러낸다.

고무도장은 쓰다 보면 닳으니 교체해야 할 때가 온다. 해운대 해수욕장의 풍경을 담은 관광인은 열 번이 넘게 바뀌었다. 꾸준히 바뀌어온 해운대 도장을 보면 지역의 변화가 느껴진다.

이전에 해운대 해수욕장 우체국에서 쓰인 도장에는 누구나 해수욕장이라고 하면 떠올릴, 튜브를 타거나 수영복을 입은 사람들이 그려져 있었다. 그런데 2020년 12월 18일부터 부산 우1동우체국에서 사용되고 있는 열한 번째 해운대 관광인에는 사람들 대신 수많은 파라솔과 고층 빌딩이 그려져 있다.

관광우편날짜도장은
지역의 특징을 담은
날짜도장이다.

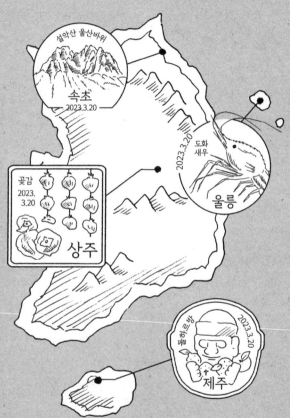

해운대 해수욕장 관광인을 찾아보고 있자니 1972년과 1962년에 사용된 도장이 눈에 띈다. 이 도장들은 '해운대우체국 해운대해수욕장 임시출장소'에서 겨우 7~8월 한 철 사용되었다. 다들 해수욕을 하며 물에 젖기 바빴을 시기에, 절대 젖어서는 안 될 우체국이 왜 해수욕장에 있었을까. 너무 궁금해서 그때의 신문들을 찾아보니 답이 나왔다. 임시 우체국에서 "우편, 우편환, 우편저금 전신, 전화 업무 등을 취급한다"는데, 그렇다. 우체국은 우편만 취급하는 곳이 아니기에 사람이 몰린 피서지에 임시 우체국이 필요했던 모양이다.

공항들의 관광인도 흥미롭다. 제주공항, 인천공항, 김해공항, 김포공항의 관광인에는 공통적으로 비행기가 들어가 있다. 현재 쓰이고 있는 제주공항의 관광인은 네 번째 도안인데, 이전에 쓰인 도장들에도 모두 비행기와 돌하르방이 있다. 야자수들까지 더해 제주공항에 내리자마자 볼 수 있었던 여행 풍경이 떠오른다.

이제는 사용하지 않는 폐기된 날짜도장들을 보고 있노라면, 우표에서 얻은 지식이 학교에서 배운 것보다 많다는 루스벨트 대통령의 말이 새삼스럽게 다가온다.

관광인에는 그 지역의 역사가 담겨있다.

검색 중에 '여의도 공항'이라는 신기한 조합의 단어를 보고는 또 한참 그 시대를 여행했다. '공장지대에 여의도 공항과 맥주잔'이라는 이름이 붙은 이 관광인은 1958년 8월 15일에 발행되어 1974년 5월 31일까지 사용되었다. 맥주 거품이 넘치는 맥주잔이 중앙에 있고, 왼쪽으로는 비행기 두 대, 오른쪽에는 연기가 나는 공장이 배치되어 있다. 날짜도 서기 1958년이 아닌 단기 4291년으로 적혀있다. 여의도에 공항이 있었다니 처음 안 사실이다. 지금과는 너무 다른 모습의 과거가 궁금해진다.

어린 시절의 나는 라디오키즈였다. 요즘은 라디오를 들으려면 휴대폰에 방송국 어플을 깔아야 하지만, 내가 자라던 1990~2000년대에는 라디오를 카세트테이프를 재생하는 기계로 라디오를 들을 수 있었다.

그 시절 한 방송국에서 '예쁜 엽서전'이라는 행사를 열었는데, 나는 매년 겨울이면 그 행사에 참여한다고 사연을 쓴 엽서를 수없이도 보냈다. 그러다 특이한 도장의 존재를 알게 된 뒤로 꼭 날짜도장을 신경 써서 찍어 보냈다. 방송국 사서함에 꽂혀있을 여러 통의 손 편지 중에서 뜯지 않아도 단번에 "어?" 하고 발견하게 되는 그런 편지를 보내고 싶었다.

제주도 여행을 모두 마친 후 제주공항에 조금 일찍 도착해서 짧은 편지를 썼다. 언제나 계속 살고 싶은 제주를 떠나는 소회를 편지에 남기고 제주공항 날짜도장을 찍어서 사연을 보내면 대부분 라디오에 소개되었다. 몇몇 DJ는 나의 이름을 기억해 주기도 했다. "대전 사시는 서은경 씨, 이번에는 제주도에 다녀오셨군요~" 나를 반겨주는 이런 사소한 말들이 나를 기쁘게 했다.

이처럼 라디오 사연에 발탁되고 싶은 마음을 가득 담은 편지에 예쁘고 인상적인 관광인을 찍어 보내기 위해서는 먼저 해결해야 할 문제가 있다. 우체국에 가야 한다는 것이다.

우체국은 다른 공공기관과 마찬가지로 평일에만 연다. 여행 중에 우체국에 들를 수 있도록 일정을 맞추기란 여간 힘든 게 아니다. 자주 놀러 가는 도시임에도 도장을 구경조차 하지 못한 곳들이 있을 정도다. 평일에만 찍을 수 있다는 그 제한된 조건이 도전 의식을 자극하기도 하지만, 수집의 높은 벽도 실감하게 한다.

우표에 취미가 있는 사람들 중 일부는 관광인을 모으기 위해 일부러 시간을 내서 전국 일주를 한다. 나는 주로 제주의 관광인을 찍었다. 제주도는 며칠씩 가니까 꼭 평일을 끼게 되지만, 다른 지역은 보통 주말여행으로 가니 우체국에 방문하기가 어려웠기 때문이다. 게다가 제주 여행을 갈 때면 경로 자체를 관광인이 있는 우체국을 중심으로 짜기도 했다.

한국우표포털 사이트에는 한국 우표와 날짜도장이 일목요연하게 정리되어 있어 심심할 때면 들어가서 구경하고는 한다. 우표 발행 일정, 우표 주제에 대한 설명, 관련 도장들이 있는 건 물론이다. 손으로 일일이 디자인하던 옛날 우표에는 우표 디자인을 위해 만들었던 '원도'도 실려있다. 원도는 수치나 색상, 수정해야 할 부분들을 표시해 둔 도안이다. 그 외에도 다양한 콘텐츠들이 사이트에 업로드되어 있어 살펴보는 재미가 있다. 나는 때때로 관광인을 지역별로 찾아본다.

제주에는 2023년 현재 총 23개의 관광인이 존재한

다. 무려 23개이다. 그 도장에 나온 곳들만 여행해도 유명한 관광지는 다 보는 셈이다. 뭐 아니라는 사람도 있지만 적어도 내 기준에서는 그렇다.

제주에는 총괄 우체국이 3곳인데 서울에는 총괄 우체국만 24곳이다. 그런데 서울에선 현재 겨우 31개의 관광인이 사용되고 있다. 서울이 우체국 밀집도가 훨씬 높다는 것을 고려하면 제주와 서울이 관광인 수가 비슷한 셈이다. '관광'우편날짜도장이라 관광산업이 발달한 제주도에 많은 건가 싶다.

서울의 관광인들을 살펴보니 눈에 띄는 점이 있다. 남산타워가 없다는 것이다. 서울에 살지 않는 내게는 늘 남산타워가 서울의 이정표 같이 느껴진다. 그런데 남산타워는 아무리 찾아봐도 없고, 대신 동대문디자인플라자가 눈에 들어온다. 지역 우체국이 생각하는 지역의 대표 명소와 사람들이 생각하는 대표 관광지가 같을 수는 없나 보다.

어쨌든 나는 도장을 찍기 위해 관광인이 있는 우체국을 중심으로 여행 일정을 계획한다. 우체국에 가서 도장을 찍고, 근처에 있을 도장 속 명소를 찾아간다.

제주도의 관광우편날짜도장

- □ 한라산과 백록담(제주)
- □ 오름(제주)
- □ 협재굴(협재)
- □ 대한민국 최남단비(모슬포)
- □ 제주한란(서귀포)
- □ 외돌개(서귀포)
- □ 주상절리(서귀포중문동)
- □ 천제연 폭포(서귀포중문동)
- □ 정방 폭포(서귀포중앙동)
- □ 천지연(서귀포중앙동)
- □ 쇠소깍(서귀포효돈동)
- □ 일출봉(성산포)
- □ 산방산(안덕)
- □ 제주 감귤(제주남원)
- □ 제주 민속촌(표선)
- □ 만장굴(김녕)
- □ 제주 해녀 문화(세화)
- □ 제주 토끼섬 문주란 자생지(세화)
- □ 제주 신창 풍차 해안도로(신청)
- □ 수월봉(제주고산)
- □ 제주공항(제주공항)
- □ 제주 삼성혈(제주삼성)
- □ 고수목마(조천)

사실 이렇게 여행하는 게 쉬운 일은 아니다. 아까 말했듯이 평일이어야 하고, 우체국을 찾아다니려니 교통편도 걱정이다. 운전을 한다면 쉽겠지만 뚜벅이로서 대중교통을 이용해 하루에 여러 우체국을 오가려 하니 난감해진다.

게다가 도장 하나 찍겠다고 여행 중에 귀한 시간을 내서 우체국에 가다니, 일행의 눈치도 보인다. 같은 취미가 있는 일행이면 몰라도 관심 없는 사람에게는 비효율적인 일로 보일 수밖에 없을 일임을 아니까. 실제로 나도 가족여행 중에 우체국에 가자는 말을 못해서 스무 개가 넘는 제주도 도장 중 네 개밖에 찍지 못했다.

그런데 이 모든 난관을 극복할 수 있다면 '도장 여행'은 정말로 해볼 만하다. 우체국을 따라 여행 루트를 잡아보면 생각보다 효율적인 동선이 나온다. 날짜도장에 들어갈 명소는 절대 대충 선택되지 않기 때문이다. 지역을 대표하는 곳을 고르는 것인 만큼 신중하게 선택하지 않을까?

여행 계획을 짜기가 어렵거나 귀찮을 때는 관광인에 나온 관광지를 살펴보라. 무엇이 유명한지 어디에 가야 할지 쉽게 알 수 있다. 우체국만 따라 움직여도 그 지역 명소는 대부분 볼 수 있다. 제주도 여행을 다녀온 분이라면 제주도의 관광인 리스트를 보고 겪은 것들이 얼마나 있는지 확인해 보는 것도 재미있을 것이다.

이렇듯 평일에 우체국에 가서 도장을 찍으려면 넘어야 할 산이 여럿 있지만, 이 산들만 넘는다면 굉장히 기억에 남는 관광인을 간직할 수 있다. 언젠가 도장이 있는 제주도 우체국의 위치를 지도 위에 점 찍은 뒤 최단 거리로 한 바퀴 돌고 싶다. 지도를 보고 있자니 이틀만 투자하면 가능할 것도 같다는 생각이 든다. 실제로 가능할지는 해봐야 알 테니, 기회가 된다면 꼭 시도해 보고 싶다.

그러니까 혹시라도 여행 계획을 짜야 하는데 어디서부터 시작해야 할지 막막하다면, 한국우표포털 사이트에서 관광우편날짜도장을 확인해 보자. 웬만한 관광지와 특산물은 알 수 있을 테니까.

우취인들이 어떻게든 수를 내서 평일에 우체국에 방문하는 날이 있다. 우표 발행 첫날, 통칭 '초일(初日)'이다. 우취인들에게 초일은 매우 중요한 의미를 가진다. 우취인에게 한해 우표 발행 계획이 중요한 이유도 바로 초일에 있다. 우체국에 가야 하는 날을 알아야 휴가 사용 계획을 세울 수 있을 게 아닌가. 겨우 우체국에 가기 위해 소중한 휴가를 쓴다고? 그런 사람이 생각보다 많다.

우표 발행일에 우체국을 들러야 하는 이유는, 기념우표가 발행되면 그 우표의 짝꿍인 도장이 나오기 때문이다. 관광우편날짜도장이 장소와 관련이 있다면 초일에 나오는 기념우편날짜도장은 우표와 관련 있다. 기념우편날짜도장, 소위 기념인에는 우표와 관련된 그림이 들어간다. 우표 그림을 그대로 도장으로 옮기기도 하고, 관련된 다른 것을 담기도 한다.

'유관순 열사 순국 100주년'이었던 2020년, 그를 기념하는 우표 두 종이 발행되었다. 380원짜리 우표에는 한 손에 태극기를 들고 휘두르며 만세 운동을 이끄는 유관순 열사의 모습을 한 구릿빛 동상이 태극기를 배경으로 위엄 있게 서있다. 우표 한쪽에 적힌 "제 나라를 되찾으려고 정당한 일을 했는데 어째서 군기를 사용하여 내 민족을 죽이느냐."라는 말은 유관순 열사가 일본

헌병대에 잡힌 후 직접 일갈한 말로 알려져 있다.

2,480원짜리 다른 우표는 실크 소재를 사용한 우표로, 흰 한복을 입고 앉아있는 유관순 열사의 초상이 담겼다. 소형 시트로 나왔다. 실크 소재이다 보니 실물로 보면 고급스러운 광택과 질감이 느껴진다.

이 두 우표와 함께 나온 기념인에는 유관순 열사의 옆 모습과 태극기가 함께 그려져 있다. 380원 우표에 그려진 모습과 유사하다.

2021년 4월 21일, 과학의 날에 발행된 '조선의 천문과학' 기념우표에는 조선 시대의 천문학 기구들이 그림으로 그려져 있다. 많이들 알고 있는 자격루, 앙부일구, 일성정시의, 측우기이다. 넷 다 세종 대에 만들어진 기구라는데, 그래서인지 기념인에는 책을 들고 별똥별이 떨어지는 밤하늘을 관찰하는 조선 관리의 뒷모습이 담겼다.

우표를 모으는 사람들은 이 도장을 찍기 위해 우표 발행일에 우표를 챙겨 우체국에 간다. 이날 우체국에 가면 도장을 찍고 있는 사람들을 쉽게 볼 수 있다. 마치 축제와 같이 모두가 모인다. 일반적으로 기념우표는 한 달에 한두 번 발행되니, 보름에 한 번씩 축제가 있는 셈이다. 주기적으로 돌아오는 축제가 있는 취미라니 솔깃하지 않은가.

기념인은 기념우표가 발행될 때 전국 170여 곳의 우체국에 배부된다. 보통 그 지역 총괄 우체국에 가면 찍을 수 있다.

그런데 우취인 사이에서 거래되는 거의 대부분의 우편 자료들은 우표 발행일에 서울중앙우체국에서 도장을 찍은 것들이다. 그깟 도장이 뭐라고 사는 동네에서 알아서들 찍지 싶지만, 서울중앙우체국의 날인은 우취인들에게 마치 성지의 성물과 같달까. 가장 공인된 장소에서 찍은, 표준 같은 존재라고 보면 된다.

기념인은 발행된 날로부터 대략 보름 정도만 찍을 수 있는 '기간 한정품'이다. 가장 오래 사용하게 두는 연하 우표 기념도장도 사용 기간이 대략 한 달이 조금 넘는다. 관광인은 비치된 우체국에만 가면 어쨌든 언제든 찍을 수 있다. 하지만 새 우표와 짝꿍으로 나오는 이 기념인은 딱 그 기간에만 만날 수 있다. 그 기간이 지나면 기념인은 더는 존재하지 않는 존재가 된다. 보름이 지나면 어디로 사라지는지 모르는 이 기념인의 유한성이 나를 미치게 한다.

알라딘 중고서점의 그 유명한 카피를 다시 이야기해야겠다. "이 광활한 우주에서 이미 사라진 책을 읽는다는 것." 많은 독서가들이 절판된 책을 소중히 하듯이, 우취인들은 며칠 뒤면 존재 자체가 사라질, 다시는 날인할 수 없는 날짜도장들을 보며 행복해한다. 어떤 존재들은 사라지기에 더 소중해진다.

게다가 발행 다음 날도 그다음 날도 아니고 발행 당일 날짜의 도장이 무엇보다 중요하게 여겨진다. '초일'이라고 별개로 부르는 것만 봐도 중요성을 알 수 있다. '날짜' 또한 수집의 대상이 되는 셈이다. 이 날짜를 표시한 도장이 일반적인 도장, 그러니까 철인일 수도 있겠지만 특별한 도장이면 더더욱 좋을 것이다. 그렇게 우표, 날짜, 도장, 장소 등 모든 것이 수집 대상이니 그 모든 것을 한 번에 모을 수 있는 초일에 우취인들이 바빠질 수 밖에 없다.

2021년에는 '성 김대건 신부 탄생 200주년' 기념우표가 나왔다. 성 김대건 안드레아 신부는 한국인 최초의 신부로, 이 우표는 우리나라에서 처음으로 나온 가톨릭 성인을 단독 주제로 한 기념우표다.

문학진 화백이 1983년 그린 성인화를 우표에 담았다고 한다. 정면을 응시하는 김대건 신부는 갓을 쓰고 흰 도포를 입고 그 위로 순교를 상징하는 빨간색 영대를 목에 걸쳐 늘어뜨리고 있다. 신부의 얼굴 주위에 금색 띠가 동그랗게 그려져 있다. 유럽의 가톨릭 성화들에서나 보던 금띠 후광을 한국 우표에서 보게 될 줄은 몰랐다. 참고로 성화를 비롯한 가톨릭에서 인정된 성인(聖人)에게만 얼굴 뒤에 후광을 두르는 것이 가능하다고 한다. 탄생일인 8월 21일이 토요일이라 그런지 20일에 우표가 발행되었다.

이 우표가 발행되는 날, 우취인들은 무척이나 바빴을 것이다. 두 개의 날짜도장이 함께 나왔기 때문이다. 기념인만이 아니라 관광인까지 같이 나온 것이다. 관광인은 김대건 신부의 탄생지인 솔뫼 성지가 위치한 충남 당진우체국에 배치되었다.

서울중앙우체국에서 기념인을 찍고, 당진에 가서 관광인을 찍으려 한 사람들에겐 이 우표의 초일이 무척

바쁜 하루였을 것이다. 그 길을 대체 어떻게 가나 싶은데, 수도권과 당진 정도는 가볍게 다녀오셨다는 분들의 후기가 커뮤니티에 넘쳐난다.

내겐 도장 수집용 비장의 아이템이 있다. 바로 내 개인 명함이다. 중간에 도장 찍는 칸을 만들어둬서, 날짜 도장을 찍을 때에야 비로소 완성되는 디자인이다. 제작 단가 때문에 무려 500장이나 신청했다가 실제로 받아보고는 너무 많아 살짝 후회하기도 했는데, 한 번 도장을 찍으러 가면 25장씩은 찍으니 금방 다 쓸 것 같다. 찍는 도장에 따라 디자인이 달라지니 주위에 나눠주는 것도 재미있다.

우체국에서 명함에 도장을 찍고 있으니 "가게 하세요?" 하는 질문을 받았다.

"저 우표사 사장같이 생겼나요? 물론 제가 올해로 우취 생활 20년 차이긴 한데 우표사를 할 정도로 우표를 많이 모으진 못했어요."

이렇게 답하고 싶었는데 대답은 혼자 속으로만 했다.

나는 예쁜 것들을 남들과 공유하고 싶다. 내 눈에 좋

아보이는 것들을 다른 사람들에게도 보여주고 싶다. 덕질이라는 게, 덕후의 마음이라는 게 다 그런 거 아니겠는가. 내가 좋아하는 걸 여기저기 알리고 자랑하고 싶어 하는 마음. 그래서 이런 도장이 있는 줄도 모르는 사람들에게 명함을 건네고 엽서를 쓴다.

이렇게 예쁜 우표가 한국에서 아직 나오고 있고, 이렇게 예쁜 도장이 우체국에 나온다는 사실을 한 명이라도 더 많은 사람에게 알리고 싶다. 지인들의 주소만 안다면 더 많이 엽서를 보내서 알릴 수 있을 텐데. 주소를 모르는 SNS 친구들에게도 엽서와 우표와 날짜도장을 보내줄 수 있으면 좋을 텐데. 그러면 나와 취미를 함께해줄 친구들을 더 많이 만들 수 있을 텐데 조금 아쉽다. 가끔씩 SNS에 꾸민 엽서와 우표 사진을 공유하면서 이런 아쉬움을 달랜다.

미니멀리즘이 대세인 시대에, 모으는 것이 너무 많아서 절대로 미니멀리즘으로 살 수는 없는, 온갖 것들로 미어터진 내 방을 본다. 전국을 다녀온 과거의 나와 만나면서 그저 또 즐거워졌다. 날짜도장들과 함께한 과거의 나는 항상 즐거운 사람이었던 것 같다. 집 근처부터,

서울, 공항까지 온갖 곳의 도장을 찍은 그날들을 전부 세세히 기억할 수는 없다. 그래도 그때의 나는 그곳에 있었구나 싶어서 그저 기분이 좋아진다.

내가 지인들에게 보낸 엽서들도 모두 그런 작은 추억을 전해주기를.

엽서와 봉투를 모아 모아

도장을 찍겠다고 우체국에 갈 때 가끔 이렇게까지 해야 하나 싶은 생각이 고개를 든다. 하지만 어차피 모든 취미는 이렇게까지 해야 하냐는 질문에 그렇게까지 해야 한다로 대답하게 되는 것 아니겠는가. 내겐 날짜도장도 그렇게까지 해야 하는 것 중 하나이다.

예쁜 우표가 나온다고 하면 내가 반드시 하고 싶어지는 것. 꼭 초일에 우체국에 가서 만들고 싶어지는 것. 바로 맥시멈 카드다. 맥시멈 카드는 내가 모으는 '자료' 중 하나다.

우취인들은 수집하는 우표, 봉투, 엽서, 도장 등을 '자료'라고 통칭하는데, '자료' 중에서 많이들 모으는 것이 초일 봉투(First Day Cover, FDC)다. 초일 봉투는 우표를 붙여 초일의 날짜도장을 찍은 우편 봉투이다. 여기서 봉투는 보통 우표와 관련 있는 그림을 넣어 디자인한다.

우체국에서 만들어 파는 초일 봉투도 있는데 이를테면 공식 굿즈인 셈이다. 우표 박물관에서 파는 초일이라고 해서 박물관 초일, 박초라고 흔히들 부른다. 이걸 사려면 콘서트 티케팅을 하듯이 아침부터 인터넷 우체국에서 대기를 타야 한다. 발행일 아침에 우표 커뮤니티에 접속해 보면 박초를 샀느니 못 샀느니 하는 글들이 가득하다. 요즘 무슨 덕질을 하든 경쟁이 치열한 건 어쩔 수 없는 모양이다.

꼭 기념인이나 관광인만이 초일 봉투의 재료가 되지는 않는다. 우표와 관련된 다른 장소의 철인, 그러니까 일반적인 날짜도장을 찍기도 한다.

'유관순 열사 순국 100주년' 기념우표가 발행되었을 때 유관순 기념관이 있는 천안우체국 날짜도장을 찍으러 가고, 카이스트 개교 기념우표 발행일에 카이스트

Traditional Fan
KOREA 대한민국 전통 부채

서울중앙
320
2023. 3. 20
전통부채

초일 봉투는 우표 발행일의
날짜를 담은 우편 봉투이다.

캠퍼스 내 우편취급국에 가서 소인하는 거야 예사다. 국방과학연구소 창설 50주년 기념우표를 위해서는 대전유성우체국에 가고, 천리안 우표를 위해서는 나로호 우주센터가 있는 전남 고흥에 간다. 우표의 내용에 딱 맞는 장소에서 찍은 소인이 자료의 완성도를 높여준다고 여기기에 그곳들을 찾아가는 것이다. 사실 나는 뚜벅이라서 이렇게까지 해본 적은 없다. 안 하는 게 아니라 해보고 싶은데 못하는 거라, 그 대단한 분들의 이야기를 볼 때마다 부럽다.

초일 봉투만큼이나 중요한 수집 품목이 맥시멈 카드(Maximum card)이다. 맥시카드라고도 한다. 종종 단어 그대로의 의미로 받아들여 '커다란 카드'라고 잘못 이해하는 사람들이 있지만, 우취(우표 취미)에서는 전혀 다른 의미로 쓰인다.

맥시멈 카드는 엽서의 한 종류다. 우표, 우표와 관련된 그림이 그려진 엽서, 우표와 관련된 날짜도장이 함께 있어야 한다. 여기서 중요한 건 그림 있는 엽서 앞면에 우표를 붙이고 도장을 찍는다는 것이다. 엽서의 그림, 우표, 도장이 모두 한 면에 모여야 한다.

맥시멈 카드는 우표, 날짜도장, 엽서 그림의 테마를 통일한 엽서이다.

그래서 맥시멈 카드를 만들 때는 엽서의 디자인이 중요하다. 도장을 찍었을 때 잘 보이려면 여백이 있어야 하고, 배경도 밝은색이어야 한다. 당연한 이야기이지만 배경이 복잡하거나 어두우면 도장을 찍어도 잘 보이지 않기 때문이다. 가끔 밤하늘이나 우주 같은 테마라서 엽서가 어쩔 수 없이 어두운색이 될 때가 있다. 이때는 우표 바로 옆에 하얀 스티커나 종이를 덧대어 그 부분에 도장을 찍기도 한다.

맥시멈 카드에 딱 맞는 엽서를 찾기란 어려운 일이다 보니 엽서를 직접 디자인해 만들기도 하고, 다른 사람이 제작한 엽서를 공동 구매하기도 한다.

이때 찍는 날짜도장은 초일 봉투에 찍는 도장처럼 우표와 관련만 있으면 되지만, 대체로는 그 우표의 기념인을 찍는다. 날짜는 초일이 아니어도 되지만, 초일을 찍으면 더 좋다.

우표 수집가만이 아니라 엽서 보내는 게 취미인 사람들도 맥시멈 카드를 좋아한다. 인스타 등지에서 사람들과 엽서를 교환하고 싶을 때, 맥시멈 카드는 맥시멈 카드끼리 교환하는 것이 국제적인-암묵적인 규칙이다.

그러니 맥시멈 카드를 많이 만들어두면 다른 나라의 맥시멈 카드와 교환할 기회가 늘어난다.

우표를 발행할 때 우표 박물관에서 초일 봉투와 함께 맥시멈 카드를 팔기도 한다. 하지만 아무리 우체국에서 만든 공식 굿즈라고 해도 손으로 일일이 도장을 찍는 탓인지, 엽서 종이나 잉크의 문제인지, 도장 찍힌 모양이 균일하지는 않은 모양이다. 소인이 엉망으로 찍혀있어서 교환이나 환불을 받았다는 글을 봤다.

박물관 초일 봉투나 박물관 맥시멈 카드를 구매하는 대신 도장을 직접 찍어서 만들어볼 수도 있다. 사실 이쪽이 좀 더 재미있다. 휴가도 써야 하고 직접 발품도 팔아야 하지만, 직접 만든 자료일수록 더 소중하게 여겨지는 법이다.

그러니까, 우취인은 우표 발행에 맞추어서 모든 휴가를 써야 한다. 평일에 전국을 돌아다녀야 한다. 직업 없이 우표 발행일에 우체국에 출근하며 도장 찍으러 다니는 삶을 살고 싶기도 하지만, 수입이 없어도 하기 힘든 취미임은 분명하다. 낱장 430원짜리 우표를 가지고 초일 봉투를 만들고 맥시멈 카드를 만들고 이것저것 하다 보면 몇만 원이 순식간이다. 가랑비에 옷 젖는다는 말의 의미를 다시금 느끼게 되는 것이다.

　도장을 예쁘게 찍기란 쉬운 일이 아니다. 뭐가 그리 어렵겠냐 싶겠지만, 직접 해보면 안다. 종이의 질, 잉크 패드의 종류와 상태, 손에 들어가는 힘, 도장의 각도에 따라서 번지고 밀리고 덜 찍히고 뭉개진다. 그래서 때때로 오래 이 취미를 해온 고수의 도움을 받는다.

　2022년 6월 24일, 조선의 밤하늘을 담은 '천상열차분야지도' 우표가 나왔다. 무려 일곱 종으로 구성되어 있고, 은색 메탈 종이에 인쇄해서 실물로 보면 반짝거린다. 보기 드문 스티커 우표이기까지 하다. 나는 이 우표 디자인을 보았을 때부터 꼭 맥시멈 카드를 만들겠다는 열망에 불타올랐다. 그래서 여기저기서 공동 구매하는 엽서들을 엄청나게 사 모았다.

　그런데 우표 발행 열흘 전부터 우표 커뮤니티에 글들이 하나씩 올라왔다. 물량이 부족해서 취미우표 통신 판매에 신청해 둔 분량대로 받지 못한다더라, 이번에만 수량을 늘리려고 했더니 그렇게는 안 된다는 답변을 받았다, 등등. 커뮤니티에는 새로 나올 우표에 대한 관심과 걱정이 가득했다.

이때는 나 역시 취미우표 통신판매를 이용해서 매번 전지 다섯 장을 받아오고 있었다. 하지만 이 우표만큼은 많이 쟁여두고 싶어 우체국에 전화해 전지 열 장을 받고 싶다고 수량을 수정해 달라고 요청했다. 혹시 했지만 역시나, 수화기 너머의 직원에게서는 열 장을 다 못 보내줄 수도 있다는 말이 나왔다.

취미우표 구독자에게는 발행일 일주일쯤 전에 출금 안내 문자가 온다.

서은경 님 06/24 발행 우표 요금 18,200원
06/17 출금 예정

문자를 보자마자 전지 열 장을 못 받게 되었다는 사실을 알아챘다. 520원짜리 우표가 전지에 일곱 장 들어 있으니 전지 한 장에 3,640원. 18,200원이라면 전지 다섯 장 가격이다. 이럴 수가.

맥시멈 카드를 만들겠다고 주문한 천상열차분야지도

엽서들은 줄지어 집에 도착하고 있었다. 취미우표로 열 장을 받고, 우체국에 일찍 가서 우표를 추가로 더 구하겠다는 포부를 안고 주문한 엽서가 160장. 여기에 우표를 다 붙이려면 전지만 대략 23장이 필요하다.

이 엽서는 어떻게 하나, 우체국에 1등으로 도착하면 판매분이 있으려나 고민하며 지내던 21일, 우체국에서 전화가 왔다. 출금 관련 정보 업데이트가 늦어서 전지 다섯 장분의 금액만 이체되었으니, 나머지 다섯 장의 금액을 입금해 달라는 전화였다. 만세! 결국 전지 열 장을 구한 셈이다. 나머지는 하늘에 맡기기로 했다.

우표 발행 당일 아홉 시, 1등으로 창원우체국에 도착했다. 그런데 웬일인지 현장 판매분이 단 한 장도 없다고 한다. 그때 창구 뒤쪽에 쌓인 안내장이 보였다.

우표 안내장은 우표 설명을 적은 리플릿으로, 새 우표가 발행될 때 같이 나온다. 우표와 기념인 디자인이 인쇄된 안내장에는 우표 크기, 발행일, 인쇄 방식, 용지, 디자이너, 인쇄처 같은 기본 정보와 우표에 나온 사물이나 장소에 대한 간략한 설명까지 기재되어 있다. 보통 취미우표를 구독하면 우표와 함께 안내장도 주는데,

이번에 세 장밖에 오지 않았던 것이다. 안내장 다섯 장을 받아 희희낙락하며 커뮤니티를 봤더니 이번에는 우표뿐만 아니라 안내장까지 품귀 현상이 있었다고 한다.

우표를 살 수 없다고 하니, 이제 할 일은 도장 찍는 일밖에 없었다. 며칠 전에 도착한 우표를 엽서에 붙여서 미리 준비해 왔다. 찍기만 하면 되는데 그게 쉬운 일이 아니다. 엽서 중에 박을 입힌 게 있었는데 흡수가 잘 안 되는 탓인지 도장을 누를 때마다 족족 미끄러져서 다 망쳐버렸다. 아주 살짝만 삐끗해도 선이 면이 되어 버렸다.

우편날짜도장은 매일 날짜를 교체해야 하니, 날짜 부분을 갈아 끼울 수 있도록 제작된다. 그 부분이 참 잘 찍기 어렵다. 높이가 딱 맞지 않아 숫자 부분이 튀어나와서 뭉개지거나, 너무 들어가서 안 찍혀 나오기 십상이다. 이 문제 때문에 고수들은 핀셋으로 조절해 가면서 모양을 손본다. 그러니까 도장은 고수의 손길이 닿은 후에야 온전히 찍혀 나올 수 있는 상태가 된다.

내가 제일 처음 우체국에 왔으니 도장도 처음 개시하게 되었다. 나는 날짜 위치를 조정할 만한 고수가 아니었고, 결국 도장들은 찍는 족족 모양이 엉망이 되었다. 박이 들어간 엽서는 참 예쁜데 그만큼 비싸다. 그런 엽서를 다 망쳐버리고 있었다. 구하기도 힘든 귀한 우표를 망치는 것은 말할 것도 없었다.

거의 울면서 엽서에 도장을 찍고 있는 동안, 취미우표 통신판매 입금을 놓쳤다면서 혹시 내게 남는 우표 있냐고 물어보는 분만 세 분을 만났다. 당시엔 현장 판매분도 없는데 내가 무슨 수로 여분 우표를 구했을 것 같아 보이나 싶었는데, 지금 생각해 보면 엽서 수십 장을 펼쳐놓고 있었으니 여분 우표가 있을 것처럼 보였겠구나 싶다. 여분이 없다고 하니 그중 한 분은 근처 우체국에 전화를 돌려 확인했다. 진해우체국에는 현장 판매분이 있었는지, 진해로 가서 우표를 사와야 한다면서 바쁘게 떠나셨다.

때때로 우체국에서 우표를 오래 모아온, 새 우표가 나올 때마다 도장을 찍어온 고수들을 만날 때가 있다. 그런 분들 옆에서 어설프게 도장을 찍으면서 우표도 엽서도 망쳐버리고 있으면, 답답해서인지 초보자를 위한 친절인지 나서서 대신 찍어주시겠다는 제안을 해오곤

하신다. 나 또한 직접 귀한 우표를 망치느니 고수 분들 손에 맡기는 게 결과물이 훨씬 나아서 부탁드리고는 했다. 하지만 이번에는 그런 기연을 얻을 수가 없었다. 도장을 성공적으로 대신 찍어줄 고수님을 기다렸지만, 내가 작업을 다 끝낼 때까지 아무도 오지 않았다.

만약 내가 갔던 우체국이 창원우체국이 아니라 서울중앙우체국이었다면 내 손에 도장이 들리지도 않았을 것이다. 내 우표와 엽서 들에도 아주 예쁜 도장이 깔끔하게 찍혔을 것이다. 거기는 가장 고수들이 많이 모이는 우체국이라서 이런 기연을 얻기가 쉽다.

2022년에 남극과 북극에서 실제로 사용하던 관광인을 소인할 수 있는 이벤트가 있었다. 각각 남극 세종과학기지와 북극 다산과학기지에서 사용했던 도장으로 펭귄과 북극곰이 그려져 있다. 부산 연제 우체국에서 닷새, 서울중앙우체국에서 닷새, 그리고 마지막 주말 이틀은 우표 박물관에서 도장을 찍게 해준다고 했다.

내가 사는 곳과는 부산이 지리적으로 훨씬 가깝지만, 일정이 도무지 나지 않았고, 겸사겸사 마지막 날에 우표 박물관에 갔다. 엽서에 도장을 딱 한 번 찍었는데, 쭈욱

미끄러져 버렸다. 너무 난처해서 한숨을 푹 쉬었더니, 옆에서 자기 자료를 만들고 계시던 고수님이 대신 찍어 주시겠다는 것이다. 사양은 없었다. 네! 감사합니다!

연습은 창원우체국에서 혼자 있을 때 하면 된다. 도움받을 일이 있을 때엔 사양하지 않고 도움을 받아야 한다. 언젠가는 나도 누군가를 도와줄 수 있지 않을까 싶은데 수천 번은 더 찍어봐야 알 것 같다. 아직은 하염없이 도움을 바라기만 하고 있다.

서울중앙우체국에 가면 친구가 있다

나는 서울에 갈 일이 생기면 일부러 일정을 우표 발행일과 맞춘다. '서울중앙'이라고 적힌 초일 맥시멈 카드를 갖고 싶기 때문이다. 이왕 일 보러 가는 김에 '자료'까지 얻을 수 있다면 일석이조 아니겠는가. 물론 거기까지 가는 길은 쉽지는 않다. 서울중앙우체국에 들르려면 일정상 최소 서너 시간은 잡아야 하지만, '서울중앙'이라고 찍힌 기념인을 보면 그저 기분이 좋기에 그냥 지나가지 못한다.

문제는, 초일의 서울중앙우체국에는 언제나 사람들

이 가득하다는 것이다. 우표 발행일에 서울중앙우체국에 가면 탁자 앞에 앉을 수 있는 모든 곳에 이미 누군가가 앉아있다. 모두들 도장을 찍으면서 열심히 각종 자료들을 만들고 있다. 그 자료는 맥시멈 카드부터 봉투까지 다양하다.

우취인들은 우표 수집용 봉투를 까세 혹은 카세라고 하는데, 발행 우표에 대한 정보들과 관련 그림이 인쇄되어 있다. 까세는 프랑스어 'cachet'로 소인이라는 뜻이다. 옛날 유럽에서 편지를 보낼 때 봉투를 접은 다음에 가문의 상징이 새겨진 반지를 찍어 봉인했던 데에서 유래한 말이라고 한다. 그러니, 우리나라 말로 하자면 '소인된 봉투' 정도가 되겠다. 까세는 개인이 제작하거나 커뮤니티를 통해서 공동 구매하기도 하는데, 미리미리 주문해서 준비해 둔다. 우표 발행일이면 사람들은 준비물을 들고 '자료'를 만들기 위해 서울중앙우체국으로 향한다.

자리도 없고 도장도 없다. 도장을 찍기 위해서는 많이 기다려야 한다. 대부분의 우체국에는 기념인이 하나만 비치되지만, 서울중앙우체국은 방문하는 사람이 많아서 두 개가 구비되어 있다는 게 그나마 다행이다. 하지만 나는 그 기념인 두 개가 제자리에 얌전히 놓여있는 풍경을 본 적이 없다. 기념인은 언제나 사람들의 손에 들려있었다. 기념인을 들고 있는 사람들의 옆에는 적게는 수십에서 많게는 수백 장의 봉투가 쌓여있다.

하지만 서울에서의 귀한 시간을 기다리는 데 다 쓸 수는 없는 일이다. 낯선 사람에게 말 붙이기를 어려워하고, 순서를 기다리는 게 당연하다고 생각했던 어릴 때는 무작정 기다리기만 했다. 생각보다 시간이 더 걸려서 일정에 차질이 생길 뻔한 적도 있다.

이제는 먼저 기념인을 찍고 있는 분들게 다가가 인사를 건넨다. 경남 창원에서 왔다고, 뒤에 일정이 있어 그런데 제 것 먼저 찍어주실 수 없느냐 부탁하면, "아이고 먼저 해드려야지." 하면서 마음씨 좋게 내 얼마 안 되는 양의 엽서에 찍어주신다. 가져간 엽서가 많지 않아 다행이다.

초일이 목요일이나 금요일이면 가급적 일찍 중앙우체국에 들러본다. 다른 누군가가 옛날에 많이 사둔 우표를 새로 나온 우표로 교환해 갔을 수도 있기 때문이다.

우체국에는 옛 우표를 동일한 금액의 새 우표와 교환해주는 제도가 있다. 2002년의 190원과 2023년의 190원이 동등하게 교환되기 때문에 좀 의아하기도 하다. 물론 그때 나온 190원 우표는 현재에도 190원으로 쓸 수 있으니까 맞긴 한데, 물가와 화폐 가치를 생각하면 손해 보는 느낌도 든다.

그렇게 누군가 교환해 간 옛날 우표가 우체국에 있다면 액면가에 살 수 있다. 옛날 우표가 꼭 목요일이나 금요일에 맞춰서 생기는 건 아니지만, 예전에 들은 창구 직원분의 특급 정보에 따르면 자주 교환하러 오는 분이 주로 그 요일에 오신다고 했다. 이렇게 공개해 버렸으니 더 이상 나만 아는 특급 정보는 아니게 되었지만. 어쨌든 그렇게 나는 갖고 싶었던 우표들을 많이 구입할 수 있었다. 프리미엄이 붙지 않은 액면가로!

얼마 전에 들렀을 때는 어찌나 살 게 많던지, 원래 사려고 했던 그날 발행된 우표보다 옛날 우표를 더 많이 구매했다. 돈도 옛날 우표 구매에 더 많이 썼다. 옛날 우표는 액면가가 대개 100~330원으로 지금보다 더 싸기 때문에 이러기가 쉽지가 않다. 결국 엄청나게 많이 샀다는 말이다. 돈을 좀 많이 쓰긴 했지만 다른 중고 거래 사이트나 커뮤니티에서는 프리미엄가로 사야 하는 우표들이니, 자제하지 않았다. 지금 여기가 아니면 어디서 사겠어.

기념우표를 모으다 보면 나태해질 틈이 없다. 귀찮다는 이유로 바로 구매하지 않으면 일주일만 지나도 우표 중고 판매 사이트에 소액의 웃돈이 올라간 금액으로 올라온다. 물론 우체국에서는 정가로 판매하니 우표가 남아있다면 괜찮지만 내 눈에 예뻐 보이던 우표라면 남의 눈에도 예뻐 보이는 법이니 얄짤 없이 매진이다.

우체국은 바빠서 시간을 낼 수 없다는 내 사정도 봐주지 않는다. 평일 오후 여섯 시 이전에 우체국에 갈 짬이 안 날 정도로만 바쁘더라도 시간은 야속하게 흐르고 우표와 기념인은 사라진다. 내 상황이 어떠하든 우표는 상관하지 않고 계획에 따라 꾸준히 발행될 뿐이다.

다양한 부침을 겪으며 지내다 보면 꾸준히 나오는 우표에 위로를 받기도 한다. 사는 게 바빠 구매는커녕 발행일을 체크하지도 못하는 시기가 몇 년 정도 있었다. 우표라는 존재를 완전히 잊고 일상을 지내다가 문득 우표가 생각나서 인터넷으로 확인해 보면 그새 새로운 우표들이 나와있었다. 놓쳐서 아쉬운 마음도 들지만 계획된 대로 무사히 나왔구나 싶어 마음이 놓였다.

한 달에 한두 번씩, 언제나 존재하는 작은 위로. 우표를 취미로 삼으니 이런 위로를 얻는다.

몇 년을 독일에서 지내다가 치과 치료 때문에 한국에 돌아왔다. 그리고 한 달이 채 지나지 않아서 코로나-19로 난리가 났고, 오도 가도 못하고 한국에 붙들려 버렸다. 한국에서 생활하며 그간 구입하지 못했던 한국 우표들을 사서 빈칸을 메꾸고 있자니 오묘한 기분이 들었다.

한국을 떠나있었던 기간이 대략 5년이다. 기념우표는 한 달에 두 번 정도 발행되니 무려 120가지나 되는 우표를 흘려보낸 셈이다. 주제가 120가지인 거지, 한 번 나올 때 여러 종씩 나왔을 테니 종수로 따지면 더 많다. 이렇게 긴 기간 동안 한국을 떠나있었다니. 이렇게 기념할 만한 일들이 많았구나. 놓친 우표를 다 모으긴 어렵겠구나.

독일에 있는 동안에는 일부러 한국 우표 발행 소식을

열심히 찾아보지 않았다. 인터넷으로 확인하기는 쉬웠지만, 내가 그 우표를 직접 구매하기에는 어려움이 있었으니까. 갖고 싶은데 사지 못해서 애간장 끊느니 아예 관심을 끊는 편이 마음이 편했다.

그렇게 놓친 우표들을 이제 와서 훑어보니 역시나 탐날 만큼 아름다운 우표들이 있었다. 이미 시간이 지나 모두 사기는 어렵더라도, 하나씩 구해보기로 했다. 눈에 어른거리는 것들부터 중고 거래를 통해 하나씩 모았다. 안내장까지 같이. 우표와 안내장을 함께 살펴보면서 그간 가지지 못했던 것들에 대한 아쉬움을 달랬다.

나는 우표 수집 말고도 취미가 여럿 있는데, 다른 취미들과 수집 취미 사이에는 차이점이 있다. 작년에 뜬금없이 피아노를 다시 쳐보고 싶어서 연습실에 등록을 했다. 마지막으로 피아노 학원을 다닌 게 고등학생 때이니 그 이후 20년이 지난 셈이다. 그런데 이번에 등록한 연습실에서 나는 예전에 쳤던 곡을 비슷하게 칠 수 있었다. 물론 그때처럼 잘 치진 못했다. 비슷하게 흉내낼 수는 있었다는 말이다. 20년 동안 피아노 칠 일이 전혀 없었는데도 내가 잊지 않았다는 것이 신기했다.

이처럼 피아노를 친다든가, 운동을 한다든가 하는 다른 취미는 내가 잠시 그만두더라도 완전히 사라져 버리지 않고 그 시간에 멈춰서 내가 다시 시작해 주기를 기다려 준다. 하지만 수집, 특히 우표 수집은 딱히 나를 기다리지 않고 흘러가 버린다. 그래서 종종 되려 우표 수집이 역동적인 취미라는 느낌을 받는다.

우표 수집은 나와 함께 걸어주는, 하지만 내가 없더라도 혼자서도 잘 걷는 친구 같다. 나는 자주 게을러지고 아파 걸음을 멈추지만 이 친구는 언제나 씩씩하게 걸어간다. 지치지도 않고 제 속도대로 걸어가는 친구 덕분에 나 또한 걸음을 멈추고 잠시 쉬다가도 금방 힘을 얻어 뒤를 쫓아가게 된다. 친구와 함께 이야기를 나누며 곁에서 걷기 위해.

어쩔 수 없이 걸음을 멈추고 쉬며 친구를 먼저 보내야 할 때가 있다. 다른 취미도 한가득 가지고 있는 나는 우표 수집 하나에만 집중하기가 어렵다. 한정판 만년필은 왜 그렇게 자주도 발매되는지. 만년을 써서 만년필이라는데 지금 보유한 만년필만 세어도 수만 년은 살아야 한다. 실로 천을 꿰는 게 전부일 것 같았던 프랑스 자

수는 또 왜 그렇게 새로운 것들이 생기는지. 천에 색칠을 하며 수를 놓아가는 채색 프랑스 자수가 등장했는데 이걸 하려면 자수용 천에 채색하는 물감을 또 따로 사야만 한다.

이 친구들을 모두 쫓아가려고 드니 벅차기도 하지만, 그럼에도 나는 즐겁다. 우표 수집이라는 친구가 자신을 매번 쫓아오지 않는다고 조금 아쉬워할지도 모르겠지만 그렇다고 우리가 친구가 아니게 된 건 아니니까. 잠시 다른 친구들과 어울리다가도 저만치 걸어간 친구의 옆으로 냉큼 달려가 같이 걷는다.

취미는 사람을 숨 쉬게 한다. 때때로 내가 하는 모든 활동이 돈이 되면 좋겠다고 생각해 본다. 즐거움은 잠시, 이내 숨이 턱 막혀온다. 역시 취미는 취미로 있을 때 마음이 편하다. 친구들과의 만남이 즐겁기 위해서는 내 마음이 가벼워야 하지 않을까. 굳이 하지 않아도 사는데 큰 상관은 없지만 매일 똑같은 일상을 다채롭게 만들어주는 게 취미니까.

친구와의 만남을 위해 나는 또 다시 서울중앙우체국을 방문할 계획을 짜고 있다.

이런 말을 꼭 알아야 해?

천공? 변지? 전지? 명판? 만월? 우표 수집을 하다 보면 너무 많은 용어들을 만나게 된다. 이 낯선 단어들은 두려움마저 불러일으킨다. 나 역시 처음엔 아무것도 모른 채로 우표를 모으던 와중 커뮤니티에서 이것저것 찾아보다 다양한 단어를 접했다. 솔직히 어려웠다. 뭐가 이렇게 세세하고 다양한지.

계속해서 사용했던 전지와 낱장(단편)이라는 단어는 우표 좀 사봤다 하면 익숙할 것이다. 전지는 처음 인쇄된 우표 전체, 종이 한 판을 말한다. 전지 한 장에 낱장 우표가 10~20장 정도 들어간다. 우표를 구매할 때 구매자와 판매자가 말하는 수량이 전지 기준인지 낱장인지 명확하게 말해야 혼란을 피할 수 있다.

그리고 소형 시트가 있다. 1~4장 정도의 우표가 들어있는, 전지보다 작고 낱장보다 큰 우표 종이라고 생각하면 될 것 같다. 손바닥만 하다.

우표를 사려고 중고 판매 사이트나 커뮤니티를 기웃거리다 보면 자주 보는 단어 중 하나가 '명판'이다. 어느 우표의 명판을 분양한다느니, 자기는 명판을 수집하고 있다느니 하는 글들이 자주 보인다. 명판이 우표 수집의 기본이라고도 하는데 뭘 말하는지 쉽게 알기 어렵다. 명판의 국어사전 뜻을 살펴보자.

[명사] 기관의 이름이나 직명, 성명 따위를 새겨놓은 일종의 도장. 흔히 봉투의 겉봉이나 공문서 따위에 찍는다.

사전을 봐도 모르겠다. 우표에 관련해서 명판이라고 하면, 변지의 한 부분을 이야기한다.

먼저 변지가 뭔지 알아야 한다. 변지(邊紙)는 가장자

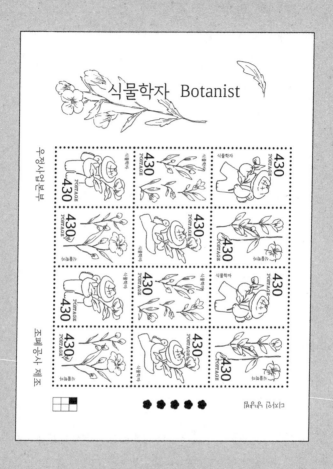

우표 전지의 변지 부분에는 우표와 관련된 정보가 기재된다.

리에 있는 종이란 뜻이다. 그러니까 전지에서 우표가 아닌 부분들을 말한다. 우표를 떼어냈을 때 남아서 버리는 부분 말이다.

변지는 우표의 정보란으로 쓰인다. 우표 제목, "한국조폐공사제조" 같은 인쇄처, 우표 디자이너가 적혀있다. 만약 사진이나 자료, 일러스트를 제공한 저작권자가 또 있다면 그것도 적어둔다. 인쇄에 사용된 잉크와 박을 점으로 찍어 표시해 둔 색도부도 있다.

일반우표의 경우 변지는 정보만 적어두고 그저 흰색으로 남겨져 있지만 기념우표의 변지는 좀 더 화려하다. 버리기가 아까울 정도다. 우표 디자인과 연관된 이미지를 적절하게 배치해 두고, 색도부의 점을 좀 더 귀엽게 디자인하기도 한다.

2021년에 나온 '화조영모 병풍' 우표는 그 아름다움으로 우표를 모으지 않는 사람들에게까지 화제가 되었다. 새와 꽃나무가 그려진 한국화를 담은 이 아름다운 이 우표는 세로로 기다란 열 개의 이미지를 병풍처럼 나란히 배열해 놓았다. 우표에 해당하는 부분은 그림이 그려진 가운데 부분뿐이지만, 우표 위아래 변지 부분에 병풍틀이 들어가 있다. 이 병풍틀 부분은 금분으로 인쇄되어 실물로 보면 더 고급스럽다.

2021년 '다시 찾은 소중한 문화유산' 우표에는 개성 경천사지 십층석탑이 포함되어 있다. 이 석탑은 높이가 높이라 그런지 길이 탓인지 우표에 온전한 모습이 담기지 못했다. 우표에는 탑을 토막 내서 하단부를 선명하게, 그 옆에 상단부를 희미하게 넣었다. 대신 변지에 제대로 된 모습이 멋들어지게 들어갔다. 이런 경우 나는 우표와 변지를 함께 뜯어서 우편 봉투에 붙여 보내기도 한다.

'명판'은 변지의 일부분이다. "한국조폐공사제조"라고 쓰인, 우표 인쇄소를 표시한 부분이 바로 우표 수집에서 말하는 명판이다. 그 부분을 따로 모으는 사람들이 있다 보니 꽤 중요하게 여겨지는 편이다.

명판을 수집하는 사람들도 모으는 스타일이 제각각 다르다. 명판만 단독으로 떼어서 모으는 사람도 있겠지만 보통은 우표와 같이 붙어있는 채로 모은다. 그래서 명판단편이니 명판페어니 명판전형이니 하는 말도 생겨났는데 간단하다. 명판단편은 명판이 있는 부분과 우표 낱장 한 장이 같이 붙어있고, 명판페어(pair)는 우표 두 장과 명판이, 명판전형(田형)은 우표 네 장과 명판이 붙어있다.

우표를 모으면서 이런 걸 굳이 다 알아야 하느냐고? 아니. 굳이 알 필요는 없다. 수집품의 가치는 수집가가 결정하는 법인 만큼, 불필요하다고 생각하고 모르고 싶다면 그냥 몰라도 상관없다.

그래도 나는 명판이 명판인 것을 알기도 전부터, "한국조폐공사제조"라고 쓰여있는 부분이 좋았다. 조폐공사에서는 화폐처럼 중요한 것만 인쇄한다고 알고 있었던 나는 내가 모으는 우표가 화폐와 같은 곳에서 인쇄된다는 것이 그저 좋았다. 화폐와 다름없는 것을 수집한다는 기분이 좋았다. 그래서 명판이 뭔지 모르던 때에도 모아둔 명판이 꽤 있다. 지문이 묻거나 접혀버려서 엄격한 기준에서 수집품으로서 가치는 부족하지만 어렸던 나에겐 값진 것이었다. 물론 지금도.

그런데 이제 한국 우표에서 "한국조폐공사제조"라는 글귀는 찾아보기 힘들다. 1952년 제2대 대통령 취임 기념우표부터 2014년까지는 모든 우표를 한국조폐공사에서 인쇄했다. 그러다가 2014년 연하우표부터 여러 외국 회사에 발주를 주기 시작했다. 현재 한국조폐공사에서 인쇄되는 우표는 일반우표들뿐이고, 다른 기념우표들은 프랑스의 카터(Cartor), 네덜란드의 로열 조 엔스헤데(Royal Joh. Enschedé), 뉴질랜드의 서던 컬러 프린트(Southern Colour Print)에서 인쇄된다.

해외 인쇄소에서 우표를 받아오다 보니 코로나-19로 인해 전 세계 물류가 원활하게 돌지 않았을 때는 우표 발행일이 변경되기도 했다. 2021년 5월 4일 발행예정이었던 '선면화' 우표가 5월 17일로 갑자기 발행일이 변경되었다.

우표 발행이 보름 정도 밀리는 게 생활에 큰 문제를 끼치지는 않지만, 우표 수집에 있어서는 심각한 위기가 될 수도 있다. 맥시멈 카드나 초일 봉투를 위해서 엽서와 봉투를 제작할 때 발행 날짜를 적어두기도 하는데 날짜 변경 공지가 뜨기 전에 미리 만들어뒀다면? 다시 만들든 어쨌든 17일로 수정해야 하지 않겠는가. 5월 4일로 그대로 두어도 된다고 생각할지도 모르겠지만, 미리 만들어둔 것들을 다 폐기하고 새로 주문하더라도 제대로 하고 싶은 게 취미인의 마음이다.

우표하면 떠오르는 이미지가 있다. 동그란 구멍이 줄지어 뚫려 있는 네모 모양. 테두리에 둘러진 이 작은 구멍들을 '천공'이라고 한다. 우표를 쉽게 뜯어내기 위해서 뚫은 실용적인 구멍이지만 우표 디자인의 핵심이기도 하다.

초창기의 우표에는 천공이 없었다고 한다. 무공우표라고 부르는데, 가위나 칼로 절단하여 사용했다고 한다. 한두 번 접었다 펴면 쉽게 찢어서 쓸 수 있는 지금의 우표와 너무나도 다른 형태라 조금 놀랍기도 하다.

우표의 천공으로는 대부분 동그란 모양 하나를 떠올리지만, 구멍이 꼭 동그란 모양일 필요는 없다. 네모일 수도 있고, 십자일 수도 있고, 타원일 수도 있다. 때때로 다양하고 독특한 모양의 천공이 등장해 수집인들을 즐겁게 한다.

2007년부터 2010년까지 발행된 '한국의 강' 시리즈를 잘 살펴보면 특이한 모양의 천공이 있다. 바로 물결무늬. 동그란 천공들 사이에 가로로 강이 흘러가는 모

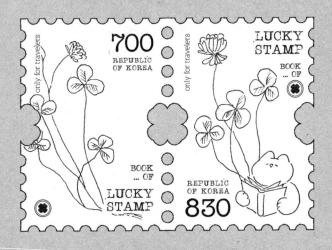

우표에 뚫린 구멍인 천공은 가끔 독특한 모양을 한다.

양이 들어갔다. 낱장 한 장만 떼어 보면 알아채기 힘들지만, 위아래로 붙어있는 우표를 본다면 받은 사람이 놀랄 것이다. 또, 2010년부터 총 3년에 걸쳐 발행된 '공룡의 시대'에는 공룡 모양으로 천공이 뚫렸다. 뜯어보면 한 우표에는 상반신이 다른 우표에는 하반신이 들어가는 셈이다. 2021년 '약용 식물' 우표는 세로 부분의 정중앙에 나비 모양의 천공이 있었다.

거의 모든 우표는 동그란 일반 천공만 있다 보니 이런 우표들은 따로 들고 다니면서 사람들에게 보여주고 싶은데, 그러면 이상한 사람처럼 보일까 봐 매번 참고야 만다.

우표 발행일에 커뮤니티에 들어가면 '만월'이라는 말이 많이 보인다. 오늘 찍은 만월을 자랑하는 글들이 잔뜩이다. 자료 분양글에서도 종종 보인다.

'만월(滿月)'은 만월 소인의 줄임말이다. 한 장의 우표 위에 소인 하나가 동그랗게 모두 찍힌 우표를 뜻한다. 기념인이나 관광인이 아닌 평소에 많이 찍는 철인을 주로 찍는다. 커뮤티니에 올라온 사진들을 보면 전지 위

우표 위에 소인 전체를 담는 것이 만월이다.

에 동그란 소인들이 빽빽하게 들어차 있다.

사실 도장을 직접 찍지 않는 이상 이런 모양을 직접 볼 일은 거의 없다. 우체국 창구는 워낙 바쁘다 보니 우표와 소인의 위치를 열심히 조정해서 찍어주지 않는다. 소인을 빠르게 찍다 보면 우표 위에는 소인 일부만 찍혀있는 게 보통이다. 거기다 만월 소인이라는 것의 존재를 아는 사람도 거기에 가치를 두는 사람도 우표를 수집하는 사람들뿐이니. 창구가 조금 한가할 때 직원에게 부탁해 볼 수는 있겠다. 나는 종종 직원에게 그렇게 찍어달라고 부탁한다.

철인은 쇠로 만들어져 있어 무겁다. 기념인이나 관광인은 고무도장이라 말랑말랑해서 전체 모양을 찍기가 비교적 수월하지만 딱딱한 철인은 제대로 찍기가 무척 어렵다. 바닥이 단단하거나, 평평하지 않거나, 힘이 모자라거나, 찍는 속도가 느리거나, 어쨌든 조건이 조금만 안 맞으면 동그란 무늬가 다 찍히기는커녕 글자가 아예 없어진다. 내 소인 실력이 부족한 탓이니, 소인 고수인 직원에게 부탁할 밖에. 그래서 만월 소인을 꼭 찍고 싶을 때는 우체국에 사람이 없을 시간을 고르고 골라서 가는 편이다.

　지금까지 설명한 명판, 천공, 만월 이외에도 우표 수집 용어는 굉장히 많다. 솔직히 나도 잘 모를 정도로 많다. 두꺼운 용어집이 따로 있을 만큼이다. 수집가들이 우표의 부위, 위치, 순서, 사용 여부, 인쇄 방식 등등에 따라 까다롭게 우표를 골라 수집하다 보니 용어가 많아진 게 아닐까 싶다.

　그러나 모르는 말이 많다고 해서 우표 수집을 어려워하고 겁낼 필요는 없다. 우표는 내가 원하는 방식대로 모으면 그만이고, 우표를 모으면서 궁금해진 말이 있다면 그것부터 하나씩 알아보면 된다. 알고 싶어지지 않는다면 계속 몰라도 괜찮다. 몰라도 아무 상관없다.

　매번 우표 전지를 한 장씩만 사는 사람도 우표 수집이 취미인 사람이고, 우표 발행일에 연차를 내고 수십 장의 봉투와 엽서를 준비해 서울중앙우체국으로 가서 만월을 만드는 사람 또한 우표 수집이 취미인 사람이다. 알면 아는 대로, 모르면 모르는 대로 즐기면 되는 게 취미니까.

엽서를 쓰는 날, 그날은…

주위에 내 취미 이야기를 하다 보면 자주 받는 질문들이 있다. 첫 번째가 "우표가 아직 나와요?"이고, 그 다음으로 같이 받는 질문이 "엽서 어디서 사요?"이다.

내 취미는 '우표 수집'에만 국한되지 않고 '엽서 교환'까지 이어진다. 모르는 사람이 내게 엽서를 보내주고, 또 다른 모르는 사람에게 엽서를 보내는 취미. 우편 교류를 하는 사람들에게는 소소히 알려져 있지만 대부분의 사람들에게 조금은 생소할 취미, '포스트크로싱'에 대해 본격적으로 이야기하기 전에 저 질문에 답부터 해

줘야 할 것 같다.

엽서는 어디서 사야 할까? 일단 가장 먼저 떠오르는 곳은 문구점이다. 하지만 이제 문구점에서 엽서를 찾아보기는 참 힘들다. 아무 문구점에나 들어간다고 해서 살 수 있는 존재가 아니게 되었다. 물론 문구점에서 엽서 어디 있냐고 물어보면 저쪽에 있다는 대답을 들을 때도 있고, 아주 구석진 곳 어딘가에 걸려있기도 하다.

하지만 그냥 아무 엽서나 있는 것과 구매할 만한 엽서가 있는 것은 또 다르다. '남들에게 보내는' 엽서를 살 때는 글씨가 잘 써지는 종이인지도 따져봐야 하고, 운송 과정에서 접히거나 구겨지지 않을 만큼 두꺼운지도 중요하고, 받는 사람의 마음에 들 만한 그림인지도 생각해 봐야 하기 때문이다.

가장 질이 좋은 엽서를 판매하는 곳은 단언컨대 박물관이다. 박물관이 소장하는 유물들에 기깔 나는 조명을 비춰서 찍은 사진들로 만든 엽서들. 도록에 쓰이는 사진을 사용한 만큼 화질도 좋고 종이도 빳빳하다. 전시를 보고 나와 아까 본 유물 엽서를 사는 시간은 언제나 즐겁다. 게다가 요즘 박물관에서는 엽서만이 아니라 관련된 마스킹 테이프나 스티커 같은 다른 멋진 문구나 소품들도 많이 팔고 있어 구경하는 재미가 쏠쏠하다. 구경하다 보면 어느새 엽서와 마스킹 테이프를 함께 사서 나오고 있다.

여행 기념품점에도 당연히 엽서가 있다. 나는 여행 계획을 꼼꼼히 세우지 않는 편인데, 내 성격 탓이기도 하지만, 믿는 구석이 있기 때문이다. 그 믿는 구석이 바로 엽서이다. 지역 관광 엽서 세트를 한 묶음 사면 그 지역에서 어딜 가면 될지 다 알 수 있다. 제주도에는 엽서 세트가 여러 종류 있지만 그 어떤 엽서 세트를 사도 협재, 이호테우, 함덕, 광치기 등의 몇몇 유명 해변들과 우도, 한라산이 들어있다. 그렇게 어딜 가야 할지 잘 모를 때, 관광 엽서 세트를 구입하고 그 엽서에 있는 곳들을 가면 된다.

일러스트 페어나, 문구 편집숍에서도 엽서를 살 수 있다. 일러스트레이터들은 자신의 작품을 담는 형식으로 엽서를 선택한다. 기업이 대량으로 제작한 상품으로서의 엽서는 문구점에서 사라졌지만, 개인이 제작한 많은 엽서들이 다양한 통로로 판매되고 있다. 오프라인

편집숍, 온라인 문구점, 개인 판매, 클라우드 펀딩까지. 엽서를 보내는 데 쓰지 않는 사람들이 인테리어나 작품 소장을 위해 그 엽서들을 살 때, 엽서 덕후들은 써서 보낼 거라면서 거기에 슬쩍 끼여서 구매한다.

엽서북이라는 형태의 엽서 세트도 존재한다. 잘 떼어지는 풀로 제본되어 있어서 한 장씩 뜯어 쓰는 20~50장짜리 진짜 책 '엽서북'부터, 그냥 종이 상자에 들어있고 이름만 '엽서북'인 엽서 세트까지. 후자의 엽서북은 100장짜리 구성이 많은데 디즈니, 마블 같은 캐릭터, 고양이, 미국 국립공원 등 다양한 주제들이 있다.

100장 엽서북 중 가장 인기가 많은 건 팬톤 컬러칩을 엽서화한 것일 듯하다. 미국의 색상 기업인 팬톤 사에서 만든 기준 색표를 엽서로 만들어 엽서 한 장에 색상 하나가 들어있다. 이 엽서에 색깔에 맞는 우표를 매치하거나 스티커를 붙여 꾸며서 보내는 것도 엽서를 보내는 사람들의 놀이 중 하나다.

한국에서는 엽서를 전문으로 만들어 파는 기업을 찾기가 어려워졌지만 해외에는 아직도 그런 곳들이 있다. 해외의 엽서 판매 사이트에서는 세계 각국의 엽서인들을 저격해서 시리즈를 만들기도 한다. 국가나 대륙별로 그 특징을 담아 엽서를 만들면 그 나라 사람들이 해외 직구로 엽서를 구매해서 시리즈를 모으는 사람들끼리 교환한다.

그런 시리즈 중 가장 인기 있는 시리즈는 폴란드의 포스탈러브(Postallove)라는 사이트에서 파는 '그리팅스 프롬(Greetings From)'이다. 줄여서 GF 시리즈라고 부르는데 전세계의 나라를 테마로 한 엽서 시리즈다. 풍경 사진을 배경으로, 흰색 글씨로 수도, 인구수, 면적, 특징, 언어, 유명인 등등 국가와 관련된 정보들이 영어로 적혀있다. 한국 엽서에는 물에 비친 경회루 야경이 들어있고, 무궁화와 태권도, 한국 나이, 한글, 태극기, 한라산 등이 설명되어 있다. 100개가 넘는 나라가 이 시리즈에 포함되어 있다.

이 시리즈는 인기가 많아서 모으는 사람들이 꽤 있다. 대부분 그 엽서에 맞는 나라에서 엽서를 보내줬으면 하는데, 나라도 한국에서 발송된 베르사유 궁전 엽서는 받으면 왠지 떨떠름할 것 같다. 이 시리즈를 모으는 사람들은 자기소개에 현재 어떤 나라를 가지고 있는지 써두고는 한다. GF를 좋아한다고 해서 보내주려고 이 보유한 국가 리스트를 확인하면, 상냥한 한국 사람들이 벌써 다 보내줘서, 한국 엽서는 받았다고 표기되어 있는 경우가 대부분이다. 이미 있다고 하니 또 다른 엽서를 찾아봐야 한다.

다른 인기 시리즈로 '월드 트래블(World Travel, WT)'이 있다. 대만의 니산(Nisan)이라는 회사에서 나오는 이 시리즈 역시 국가를 기반으로 하지만, 크리스마스나 토끼의 해처럼 특별판 엽서도 있다. 상단에는 그 나라의 국기가 교차된 모양으로 들어가 있고, 아래쪽에 그 나라의 여러 풍경과 문화가 우표 모양으로 다닥다닥 들어가 있다. 수도, 언어, 면적, 인구와 간단한 전국 지도가 들어가는 건 물론이고, 그 나라 언어로 쓰인 국명, 동전, 우체통 사진도 꼭 하나씩 들어가 있다. 한국 엽서에는 경복궁, 인삼, 설악산, 제주도(성산일출봉 사진이다), 불국사(대웅전 불상 사진이다), 돌솥 비빔밥, 태권도, 빨간 우체통이 우표 모양으로 들어가 있고, 500원짜리 동전 뒷면도 있다.

그 외에도 가운데에 "Happy Postcrossing from"이

라고 적혀있는 '해피 포스트크로싱(Happy Postcrossing, HP)', 푸른 하늘에 커다란 국기가 휘날리고 있는 '플래그 오브 더 월드(Flags of the World, FOTW)', 각국의 키워드를 지도처럼 배열해 둔 '워드 크라우드(Word Cloud, WC)' 등 정말 다양한 시리즈가 있다. 이런 시리즈는 여러 나라 사람들에게 연락해 교환하면서 빈 공간을 메워가는 재미가 쏠쏠하다.

이렇게 다양한 엽서가 있더라도 마음에 꼭 드는 이미지의 엽서를 구하는 것은 결코 쉬운 일이 아니다. 다른 나라 사람에게 보낼 거라면 한국과 관련된 엽서들을 사용하고 싶은데 은근히 찾기가 어렵다. 거기다 일러스트레이터들이 만들어 파는 제작 엽서들은 다시 구하기도 힘들고, 가격도 있다 보니 모르는 사람에게 선뜻 보내지 못하고 주저하게 된다.

마음에 드는 엽서를 찾기가 어려워지자 엽서 교환을 하는 취미인들은 인쇄소에 소량 제작을 맡기기 시작했다. 맥시멈 카드 만들기가 유행하면서, 엽서 자체 제작은 우취인들 사이에서 더 보편적인 일이 되었다. 맥시멈 카드를 만들기 위해 우표 발행 계획을 보며 이 우표가 어떤 식으로 나올지 예상해서 디자인하거나, 자기가 좋아하는 것을 더 많은 사람들에게 알리기 위해 좋아하는 유명인이나 영화 포스터로도 엽서를 제작했다. 엽서에 넣을 수 있는 이미지가 있다면 무엇이든 만들고 보는 사람들도 생겼다. 만든 사람의 미적 감각에 따라 어떤 엽서는 인기가 폭발해서 판매 요청이 들어가기도 하고, 어떤 엽서는 기껏 판매를 염두에 두고 만들었지만 딱히 인기가 없어 쌓여만 있기도 한다.

엽서를 만들어주는 업체가 많아지기도 했다. 많은 인쇄소에서 소량으로 엽서 제작을 해준다. 그림만 보내면 뚝딱 엽서가 완성되어 집까지 배송된다. 물론 이 소량이라는 게 보통 32장 정도부터 시작해서 혼자 이걸 언제 다 쓰나 싶어진다. 하지만 더 적게 뽑으면 제작 단가가 배로 올라버리니 늘 다량인 소량 제작을 하게 된다.

나는 감사 인사를 담은 엽서를 32장 제작했다. '감사합니다'나 'Thank you'라고 문구만 적힌 간단한 감사 엽서를 찾았는데, 너무 귀엽게 디자인되어 있거나, 그림이 마음에 안 들거나 하는 문제점을 꼭 하나씩 안고 있었다. 결국 마음에 드는 엽서를 찾지 못하고 직접 디자인해 제작했다.

감사할 일이 있을 때마다 엽서를 썼더니 이제 몇 장 남지 않았다. 주변에 감사드릴 분들이 너무 많았다. 내가 이렇게 주변에 신세를 많이 지고 있는 줄 알았으면 애초에 더 많이 만들었을 텐데. 32장과 64장은 가격 차이도 별로 안 나는데. 다 쓰고 나면 다음에는 더 많이 만들어볼까 싶다.

엽서를 직접 제작하다 보면 저작권에도 민감해진다. 저작권을 무시하고 타인의 이미지로 엽서를 만들 수도 없는 일이다 보니, 엽서로 만들 만한 이미지를 구하기 위해 평소에 더 많은 사진을 찍게 되었다.

더 멋진 엽서를 만들고 싶어 카메라에도 관심이 생긴다. 휴대폰으로 대충 찍는 사진보다는 그래도 좋은 카메라로 찍는 사진이 더 잘 나오지 않을까 싶은 것이다. 요즘 휴대폰 카메라 성능이 굉장히 좋다는 사실을 알고 있는 데도 이런 생각이 드는 건 이렇게 찍어대는 사진이 내 마음만큼 나오지 않기 때문이다. 같은 휴대폰 카메라로도 작품을 만들어내는 사람들을 보면 내게 부족한 건 장비가 아니라 사진 실력이지만, 언제나처럼 또 장비 탓을 해본다.

엽서를 만들 만한 사진을 골라내려고 앨범을 들여다보면 "답은 경주야."라는 말이 절로 나온다. 경주는 어디를 어떻게 찍어도 다 환상적이라서 어떤 사진으로 엽서를 만들어도 예쁘다. 내가 제일 처음 만들었던 엽서들도 경주 풍경이었다. 한가로이 노닐던 과거의 한량들이 떠오르는 아름다운 월지의 야경. 도처에 언덕처럼 솟아있는 거대한 능들. 내가 만든 사진 엽서들을 다시 보고 있자니 참 대단한 사람들이 경주에서 많이 살았고 또 죽었구나 하는 생각도 든다. 이런 풍경을 남긴 영광스럽고 화려한 과거가 현재의 우리에게는 엽서에 들어갈 사진으로만 남았다는 게 슬퍼지기도 한다.

이렇게 모으고 만든 엽서들이 한 가득이다. 박물관이나 전시회에 갈 때마다, 엽서북이 할인할 때마다, 또 맥시멈 카드를 만들기 위해서 엽서를 제작할 때마다 엽서가 쌓였다. 쌓여가는 엽서를 보면 수집가에게 필요한 것은 첫째도 부동산 둘째도 부동산이라는 생각을 하게 된다. 이제 더는 놔둘 곳이 없어서 침대 아래에도 엽서가 들어가 있다.

하지만 이 엽서들은 모으기만 하는 용도가 아니다. 엽서는 보내기 위한 것이다. 엽서를 쓰는 날, 그날은 포스트크로싱을 통해서 보낸 엽서가 도착했다는 메일이 왔을 때다.

엽서를 가장 많이 쓸 때는 역시 포스트크로싱을 할 때다. 포스트크로싱(postcrossing)은 엽서(postcard)와 교환(crossing)을 합친 말로, 전세계의 사람들끼리 엽서를 서로 주고받는 프로젝트를 진행하는 온라인 사이트이다. 전 세계 임의의 사람들로부터 엽서를 보내고 엽서를 받을 수 있다. 요즘 펜팔처럼 비슷한 형식으로 엽서 같은 메시지를 보낼 수 있는 앱도 있다고는 하는데, 포스트크로싱 사이트를 통해서 주고받는 건 전자메일이 아닌 실물 엽서이다.

펜팔을 생각할 수도 있겠지만 조금 다르다. 포스트크로싱의 특징은 엽서를 쌍방으로 주고받는 게 아니라는 점이다. A가 B에게 엽서를 보내고 B는 A에게 답장을 보내는 것이 아니다. A가 B에게 엽서를 보내고, B는

C에게 보낸다. C는 또 다른 D에게 엽서를 보낸다. A는 다른 누군가가 보낸 엽서를 받을 것이다. Z일 수도 있고, H일 수도 있다. 무작위의 사람에게 엽서를 보내고 무작위의 사람에게서 엽서를 받는 것이 바로 포스트크로싱의 묘미다.

포스트크로서(postcrosser)는 포스트크로싱을 하는 사람들이다. 2023년 3월을 기준으로 208개 나라의 80만여 명이 함께 하고 있으며, 7,100만 장 이상의 엽서가 오갔고, 지금 이 순간에도 37만여 장의 엽서가 여행 중이라고 한다. 한국에서도 5,000명이 넘는 사람들이 참여해 왔고, 20만 장 이상의 엽서가 한국에서 전세계로 보내졌다고 한다.

엽서를 보내기 위해서는 사이트에서 주소를 받아야 한다. 보내기를 신청하면 랜덤으로 다른 포스트크로서의 주소를 받을 수 있고, 그 주소로 엽서를 보내면 된다. 내 주소도 다른 사람에게 랜덤으로 출력되기에, 우리 집에 오는 엽서도 누가 보낼지, 어느 나라에서 올지 알 수 없다. 기본적으로는 외국에 보내지만 설정에 따라 다른 한국 포스트크로서의 주소가 나올 수도 있다. 물론 확률이 그리 높진 않다. 주소를 받은 이날부터 공식적인 엽서의 여행이 시작된다.

보낼 수 있는 엽서 수에는 제한이 있다. 처음에는 다섯 장만을 보낼 수 있다. 내가 주소 다섯 곳을 받으면, 나의 주소도 다섯 곳에 배달된다. 보낸 엽서가 쌓일수록 한 번에 보낼 수 있는 엽서 수도 늘어난다. 처음 보냈던 다섯 장의 엽서가 여행을 끝내면, 엽서 제한이 늘어서 총 여섯 장의 엽서를 한 번에 보낼 수 있다. 엽서를 꾸준히 계속 보내다 보면 열 장씩 보낼 수도 있게 된다. 하지만 보낸 엽서가 50장을 넘어가면 50장을 기준으로 한 장씩 제한이 늘어나기 때문에 이 제한 수량을 늘리는 게 쉽지는 않다. 100장을 보낸 사람도 149장을 보낸 사람도 여행 보낼 수 있는 엽서는 열한 장이다. 더 많이 써보내고 싶어도 엽서가 도착할 때까지 인내하고 절제해야 한다.

주소를 받을 때 일련번호가 배정되는데, 엽서를 받은 사람이 도착했다고 사이트에 등록할 때 필요한 번호니 꼭 엽서에 적어줘야 한다. 이 일련번호는 영문 두 자리와 숫자로 구성되는데, 영문은 국가 코드, 숫자는 그 나라에서 몇 번째로 보내진 엽서인지를 나타낸다. 지금 한국에서 보낸다면 KR-2*****로 20만 번대의 일련번호를 받을 것이다.

일련번호에서 국가를 유추하는 건 보통은 어렵지 않은 편이다. RU는 러시아, TW는 대만, CN은 중국, US는 미국, JP는 일본이다. 러시아, 대만, 중국, 미국, 독일 순으로 회원이 많지만, 가장 많은 엽서를 보낸 나라는 독일이다. 독일 코드를 받는다면 DE-1*******로 1천만 번대 숫자를 받는다. 숫자만 봐도 알 수 있겠지만 독일에는 이 취미를 가진 사람이 굉장히 많다.

영어의 'Germany'에 익숙한 사람에겐 독일의 코드가 DE인 것이 낯설 수도 있겠지만, 독일어로 독일이 'Deutschland'이기 때문에 DE다. 이렇게 드물게 코드로 국가를 알아보기 힘든 나라가 있다. 스위스는 CH인데 'Confoederatio Helvetica(헬베티카 연방)'라는 라틴어 정식 명칭에서 나왔다고 한다.

어쨌든 엽서를 받은 사람이 이 일련번호를 사이트에 등록하면 그 엽서의 여행은 끝난다. 그럼 엽서를 보냈던 사람은 새로운 엽서를 보낼 수 있게 된다. 내가 엽서를 쓰는 날도 바로 이날이다. 내가 보낸 엽서가 등록되었다는 메일이 오는 날, 새 주소를 하나 더 받을 수 있기 때문이다.

외국으로 보낸 엽서는 특수한 상황이 아니라면 한 달 안에 도착한다. 물론 분실되기도 한다. 가끔은 어디를 헤맸는지 도착까지 1년이 넘게 걸리기도 한다.

가까운데도 유난히 늦게 도착하는 나라들이 있는데, 바로 러시아와 중국이다. 우편 시스템의 문제인지 도착까지 두 달은 가뿐히 넘어가 버린다. 그 엽서들이 도착할 때까지 새 주소를 못 뽑고 막연히 기다리기만 해야 하는 것은 아니다. 주소를 뽑은 지 60일이 지나버리면 만료로 처리되어서 새 주소를 뽑을 수 있다.

하지만 주소를 뽑았을 때 늦게 도착하는 나라들만 연이어 나오면, 다음 주소를 뽑을 수 있을 때까지 두 달 동안 포스트크로싱을 쉬고 싶어진다. 취미에도 연속성이라는 게 필요해서 한 번 쉬면 그 흐름이 끊기는 법이다. 두 달씩이나 새로운 주소를 받지 못한다고 하면 괜히 서운하다. 그래서 빨리 잘 도착하는 독일, 일본, 미국 등만 골라 보내기도 해봤는데, 이것도 못할 짓이다 싶어서 계속해서 엽서 보내기를 하다 말다 해왔다.

엽서 쓰기를 한창 하고 있을 때는, 보내는 엽서 수 제한이 그렇게 갑갑하다. 신나서 사둔 엽서들을 보고 있자면 엽서를 더 쓰고 싶은 마음을 참기가 어렵다. 그래서 어떤 사람들은 계정을 더 만들거나, 포스트카드 유나이티드 같은 다른 엽서 교환 사이트에 가입하거나, 인스타그램에서 교환할 사람을 구하거나, 국내 포스트크로서들끼리 교환하기도 한다.

포스트카드 유나이티드는 포스트크로싱과 유사한 사이트이다. 진행 방식도 비슷하다. 나도 그 사이트에 가입은 했지만, 규모의 경제라고 했던가? 포스트크로싱과 회원 수 차이가 너무 많이 나서 나오는 국가가 제한적이다 보니, 조금 시시하고 재미가 떨어진다.

그래서 엽서 교환을 하고 싶을 때면 인스타그램을 이용한다. 직접 연락해서 주소를 교환하는 과정을 거쳐야하긴 하지만 원하는 엽서를 찾기에는 인스타그램만 한게 없다. 인스타그램에서 엽서를 교환하는 사람들은 자기가 보낼 수 있는 엽서의 사진을 올려두고 태그를 건다. 그러면 그 태그를 타고 온 사람이 마음에 드는 엽서

를 보고 일대일 교환을 신청하는 것이다. 가끔 안 보내
놓고 보내준다고 거짓말을 하는 경우도 있어서 엽서에
주소를 적은 증거 사진이나 영상을 보내기까지 한다.

물론 여러 번 주고받아 신뢰할 수 있는 상대와는 증
명이 필요 없다. 나는 인스타그램을 통해 주로 홍콩의
사용자들과 일대일 교환을 많이 했었는데, 홍콩의 엽서
는 한국의 엽서보다 대체적으로 도톰했다. 그 사람이
가는 동안 훼손되지 않도록 도톰한 엽서들로 챙겨서 보
내준 것인지, 홍콩 엽서들의 특징인지는 잘 모르겠다.

때때로 한국의 다른 포스트크로서들과 엽서를 주고
받기도 한다. 이건 펜팔의 연장선으로 느껴진다. 펜팔
의 연장선이이라곤 했지만 엽서 한 장에 써넣을 수 있
는 글은 많지 않다. 길게 써야 하는 편지보다 부담이 덜
하다.

이전에 교환해 본 사람에게 엽서를 보낼 때의 첫 마
디는 대부분 "주소 안 바뀌셨죠?"로 시작한다. 대답은
주로 "네, 그때와 똑같아요."

모르는 외국인에게 영어로 쓰는 엽서의 내용과 여러
번 엽서를 교환해 본 사람에게 한국어로 쓰는 엽서의

내용은 꽤 달라지게 마련이다. 모르는 외국인에게 보낼 때는 외국어를 써야 하고 상대의 관심사를 모른다는 점 때문에 쓰는 내용이 간단한 자기소개로 그치고는 한다. 더 나가면 한국 문화나 살고 있는 지역도 소개하겠지만 어쨌든 간단해진다. 무슨 말을 써야 할지 막막해서 엽서의 쓰는 면이 너무 넓게 느껴질 때도 있다. 하지만 아는 사람에게 한국어로 엽서를 쓸 때면 지난 번에 했던 이야기와 관련된 내용, 최근에 일어났던 재밌는 일 등 할 말이 술술 나온다. 쓰다 보면 자리가 모자라지기도 한다.

평소의 나를 잘 아는 사람에게 할 수 있는 이야기와 엽서만으로 아는 사람에게 할 수 있는 이야기의 종류도 다르다. 가끔은 아예 모르는 사람에게 더 별별 이야기를 할 수 있는 법이다. 가족들에겐 쉽게 할 수 없는 속마음, 친구들은 관심 없어 할 관심사 이야기까지.

나는 늘 엽서를 더 쓰고 싶고, 그 마음을 참을 수 없다. 이런 심정을 이해할 수 있는 사람이 몇이나 될지는 모르겠지만. 나는 오늘도 내가 보냈던 엽서가 도착했다는 소식을 기다리고 있다. 새 엽서를 보내기 위해서.

내가 외국으로 보낸 엽서가 도착할 즈음이면 나의 우편함에도 하나둘씩 엽서가 도착한다. 보내는 것은 즐겁지만 받는 것도 즐거운 일이다. 포스트크로싱을 하고 있으면 우편함에 엽서가 있는지 매일 확인하게 된다. 어느 나라에서, 어떤 엽서가 도착할지 알 수 없기에 더욱 기다림이 즐겁다.

포스트크로싱 사이트에는 자기소개를 써둘 수 있는데 어떤 엽서를 받고 싶은지를 많이들 적어둔다. 내 주소를 받은 사람이 내 위시리스트에 맞춘 엽서와 우표를 보내주기를 바라면서. 나도 보낼 때면 그 사람의 계정 정보를 확인하고 열심히 엽서 더미를 뒤져 그 사람이 원할 만한 엽서를 찾아낸다.

만약 받는 사람이 주고받은 엽서가 열 장이 채 되지 않는 초보자라면 더욱 신경 써서 엽서와 우표를 골라 내용을 열심히 써 보낸다. 이 취미를 기쁘게 계속해 가기를 바라는 마음을 담아.

그렇게 받는 엽서들은 세계 각국에서 온 만큼 제각 각이다. 내 마음에 꼭 맞는 엽서를 보내주는 사람도 있고, 그 나라의 풍경을 담은 엽서도 있다. 써놓은 이야기들은 대체로 자기소개다. 가족이나 요즘의 일상을 이야기하고, 살고 있는 도시를 소개하고, 엽서 그림에 대해 설명해 주는 엽서들은 받으면 매우 기껍다. 가끔씩 한국어를 공부하고 있다며 삐뚤빼뚤한 한글로 "안녕하세요."가 쓰여있기도 하다.

하지만 마음에 들지 않는 엽서도 자주 도착한다. 솔직히 말하자면 내 마음에 완벽히 드는 엽서를 받는 경우가 드문 편이다. 엽서 그림이 별로라도 보낸 사람의 삶이 묻어나는 내용을 적어주면 즐겁게 읽을 텐데, 영 마음에 들지 않는 엽서는 내용도 성의 없다. 별 내용 없이 "난 어느 나라의 누구야. 안녕." 한 줄 적혀있는 엽서도 있고, 매번 같은 자기소개만 하는 건지 자기소개를 인쇄해서 붙여놓는 사람도 있고, 당당하게 아래 같은 글만 붙여두기도 한다.

당신 나라의 "유네스코 세계문화유산 엽서"를 답장으로 보내주면 좋겠습니다. 즐거운 포스트크로싱!

분명 포스트크로싱을 통해서 받는 엽서가 있을 텐데

답장을 달라고 하다니. 보내는 데도 성의가 없는 걸 보니 엽서를 받기 위해서만 이걸 하나 보다. 인쇄한 글이 비스듬히 붙어있는 것까지 아주 진상이다. 우표값이 아깝게 느껴질 정도다.

다른 포스트크로서들의 이야기를 들으니 유명한 사용자라고 했다. 나 말고도 저런 엽서를 받은 사람이 꽤 있었다. 나는 저 엽서가 또 올까 봐 한동안 포스트크로싱을 멈추기까지 했다. 하지만 가끔 실망스러운 엽서를 받을지라도 엽서를 써서 보내는 것 자체가 즐거운 일이기에 결국 엽서 교환을 완전히 그만둘 수는 없었다.

2021년 초반, 코로나-19로 국제 우편 배송 상황이 좋지 않았다. 대부분의 국가에 항공우편을 보낼 수 없어졌다. 그동안 얼마나 수월하게 엽서를 주고받고 있었는지 새삼 깨달았다. 포스트크로싱 회원 중에 독일 사람들이 많다 보니 받는 엽서도 독일에서 온 게 많았다. 이전에는 독일에서 엽서가 오면 "또 독일이네." 하고 대수롭지 않게 넘겼었는데, 하늘길이 막히고 보니 그간 꾸준히 도착하던 독일 엽서들이 얼마나 귀중한 것이었는지 새삼 깨달았다.

독일에서 집을 구하지 못해 거주지를 계속해서 옮겨야 했던 시기가 있다. 이곳저곳 짧게 머무르다 이사를 해야 했던 시기. 나는 포스트크로싱에서 내 상태를 '여행 중'으로 전환하고 신나게 보내기만 했다.

여행 중으로 상태를 돌려두면 내게 오는 엽서는 없이, 나만 엽서를 보낼 수 있다. 나는 실제로는 여행을 하고 있지 않았지만, 여행 중이라고 설정해 두는 것은 내 마음을 몽글몽글하게 만들었다. 나는 지금 여행을 하고 있는 거야. 그래서 정말 여행하는 것처럼 다양한 여행 엽서를 구해 보냈다. 독일은 관광지 엽서가 꽤 많기 때문에 그 기분을 만끽하기 수월했다.

독일은 포스트크로싱에서 엽서를 가장 많이 보내는 나라라서, 하다 보면 수많은 엽서를 독일로 보내고 독일에서 온 엽서를 받는다. 그런데 이렇게 많은 엽서가 오가는데도 독일에는 포스트크로싱 관련 우표가 없다.

포스트크로싱은 2005년부터 시작된 온라인 프로젝트이지만, 우편 쪽에서는 규모가 큰 취미인 탓인지, 포스트크로싱을 하면서 우표를 쓰는 사람들이 적극적인 탓인지 여러 나라에서 포스트크로싱 테마 우표를 발행했다. 2011년 네덜란드를 시작으로 핀란드, 벨라루스, 건지, 러시아, 슬로베니아, 체코, 우크라이나, 오스트리아, 루마니아, 인도네시아, 스위스, 아일랜드, 몰도바, 핀란드령 올란드섬, 브라질, 이렇게 총 열여섯 개 나라에서 포스트크로싱 우표가 발행되었다. 건지와 벨라루스는 세 번, 오스트리아와 네덜란드는 두 번씩이나 발행했다.

없으면 만들어달라고 하면 되지 않을까. 적극적인 독일의 포스트크로서들은 독일 우표발행총국에 틈틈이 발행 요청 엽서를 보내기로 했다. 독일 포크 유저들이 공동 행동을 시작한 것은 2015년이었고, 이들의 목표는 2021년 발행이었다. 5년 동안 이어진 공동 행동은 2019년에 종료되었다. 이런 일이 빠르게 결정되어 진행되지 않는다는 걸 잘 잘 아는 독일 사람들은 처음부터 5년간 요청하기로 했고, 목표도 7년 뒤로 잡았다. 계획적이고 꾸준한 독일의 국민성을 보여주는 것 같다.

나도 이 공동 행동에 참여했다. 독일에 사는 동안 다른 나라를 많이 여행했는데 여행지에서 꼭 독일 우표발행총국으로 엽서를 보냈다. 공동 행동 참여 엽서에는 정해진 문장만을 기입했다. 이런저런 말을 써대는 것보다 공통된 문장을 기입해서 보내는 것이 낫다고 해 다른 어떤 말도 쓰지 않았다. 독일어가 짧은 내게는 그 편이 더 마음이 편했다.

그런데도 아직도 독일에는 포스트크로싱 우표가 없다. 공동 행동 기간은 끝났지만 많은 사람들이 여전히 우표발행총국에 엽서를 보낸다. 우리도 포스트크로싱 우표 붙여서 엽서 보내고 싶어요!

한국에도 포스트크로싱 우표는 없다. 한국과 관련된 것이 아니면 우표를 잘 만들지 않고 포스트크로싱이 그리 잘 알려져 있지 않은 취미인 탓인가 싶다. 한국이든 독일이든 포스트크로싱 우표를 만들어주기만 하면, 나도 관련 엽서를 만들어서 세계의 다양한 사람들에게 보낼 텐데. 과연 그런 날이 언제 올지 궁금하다.

인터넷을 이용하면 전 세계 사람들에게 1초 만에 메시지를 보낼 수 있는 세상이다. 그런데 굳이 며칠 몇 주 몇 달 걸려 가는 엽서를 보내는 이유는, 메시지를 보내는 것과 엽서를 보내는 것은 매우 다른 경험이기 때문이다. 아주 간단한 사진과 글씨라지만, 물성이 있는 것을 주고받을 수 있기에 좋다. 우편함에 들어있는 것은 어떤 것이든 다 나를 즐겁고 행복하게 한다.

지구 어딘가에서 보내진 것들을 손에 쥐고 읽고 또 읽었다. 다양한 사람들의 삶의 방식을 만났다. 한국어가 모국어가 아닌 사람들에게서 온 한글로 쓰인 우편물들은 또 다른 즐거움이었다. 내일도 우편함으로 새로운 이야기가 들어오기를 기다리며, 나는 내 이야기를 어딘가로 써 보낼 것이다.

내 취미들은 모두 만나고 있었다

장인은 도구 탓을 한다. 아니, 장인은 몰라도 취미인은 도구 탓을 한다. 도구에 상관하지 않고 취미를 즐기는 사람도 있지만, 도구를 모으는 데 빠지는 사람도 많다. 취미 생활을 하면서도 미니멀리즘이 가능한 사람과 취미가 늘어날 때마다 각종 도구들이 쌓여가는 사람, 미니멀리즘과 맥시멀리즘 사이에서 적당히 조절할 줄 아는 사람. 나는 이 중 어떤 유형의 사람이냐 하면, 뭘 하든 미니멀리즘이 불가능한 사람이다.

최소한의 도구로도 충분히 즐길 수 있는 취미가 많다

고들 한다. 악기를 하나 구비해서 연주한다거나, 카메라를 하나만 구입해서 사진을 찍으러 다닌다거나, 그럴 수도 있을 것이다. 그런데 어째서 내가 즐기는 취미들은 하나같이 많은 물건들이 필요한 건지 모르겠다. 내가 그저 많고 많은 도구를 좋아하는 탓일까, 내 부족함을 많은 도구가 메워줄 수 있을 것이라고 믿는 탓일까. 만약 내가 사진을 취미로 삼는다면 절대 카메라 하나에 만족하지 못할 것이다.

하나의 도구를 여러 취미에 공통적으로 쓸 수 있다면, 도구를 살 때 더 자제력이 없어진다. 하나로 둘을 할 수 있다니 정말 이득이다. 신기하게도 내 취미 도구들은 그런 경우가 많다. 사실 취미를 먼저 가지고 도구를 뒤에 구입하는 게 아니라, 도구를 먼저 구입한 뒤에 그걸 쓸 수 있는 취미를 하나씩 섭렵해 가는 것일지도 모르겠다.

우표 말고도 좋아하는 것들이 너무나도 많아서 나는 스스로를 '취미 수집가'라고 불렀다. 취미를 수집하는 것이 취미라고 농담 반 진담 반으로 얘기했다. 우표를 모으다 보니 다양한 우표를 주변인에게 보여주고 싶어서 편지를 더 많이 쓰게 됐다. 편지를 보낼 만한 친구들이 많지 않다 보니 모르는 사람에게 엽서를 보내는 포스트크로싱을 하게 됐다. 포스트크로싱을 하다 보니 엽서를 더 사 모으게 됐고, 엽서를 쓰다 보니 필기구와 다른 문구류에도 눈길이 갔다.

만년필은 내가 수집한 취미 중 하나다. 엽서를 매일 숙제처럼 쓰면서 더 많은 펜을 사게 됐다. 다양한 펜을 쓰다 보니 펜들의 사소한 차이가 크게 느껴졌다. 펜의 굵기, 사각거리는 필기감과 부드러운 필기감, 필압에 따라 다르게 구현되는 색상, 종이와 습도에 따라 잉크가 번지는 정도, 그 모든 것들이 하나씩 신경이 쓰였다. 색색으로 다른 잉크의 색들은 매력적이었고, 잉크로 쓴 글씨가 편지지나 엽서에 스며드는 모양을 바라보는 것도 즐거워졌다.

필기구에 대한 관심은 더 다양한 잉크를 사용할 수 있는, 그 자체로 아름다운 만년필에 대한 관심으로 이어졌다. 이제 만년필은 내가 엽서를 쓸 때 가장 자주 사용하는 필기구가 됐다.

하지만 모든 만년필이 모든 엽서에 적합하지는 않다. 누구에게 보내느냐에 따라 써야 할 만년필 선택지가 달라진다.

만년필은 어느 회사에서 나왔는지에 따라서 평균적인 굵기가 다르다. 로마자를 쓰는 서구권 국가 회사의 만년필은 대체로 촉이 두껍고, 획 많은 한자를 많이 쓰는 동북아시아 회사의 만년필은 대체로 촉이 가늘다. 유럽산 만년필을 사용해서 글을 쓰면, 독일어와 영어를 쓸 때야 수려했지만 한국어를 쓰는 순간 글씨가 뭉그러진다.

외국인들에게 보내는 엽서에는 영어를 쓰니 아무 만년필을 써도 별 문제가 없었다. 그런데 한국 친구들에게 편지를 보낼 때 사소하지만 까다로운 문제가 생겼다.

독일에 있던 시절, 이왕 해외에 나와 있으니 한국에 있는 친구들에게 편지를 보내려고 했다. 친한 친구들에게 해외에서 우편이 오는 즐거운 경험을 주고 싶었다. 흔히 하는 경험은 아니니까. 그런데 유럽 만년필을 편지에 쓸 수가 없었다. 쓰자면 쓸 수야 있겠지만 그렇게 써놓은 글씨는 내 글씨가 아닌 남의 글씨처럼 보였다.

너무 굵은 탓이었다. 지인 중 한 명은 그 굵은 글씨로 쓴 편지를 받아보더니 캘리그래피 같다고도 했다. 영어 모국어 화자들이 대문자만으로 글을 쓰는 느낌이려나.

그래서 가지고 있던 만년필로 편지 쓰기를 포기했다. 유럽 만년필로 주소는 적을 만했지만 내용은 적기 불편했다. 선이 가는 만년필이 필요했다.

한국의 지인에게 도움을 요청했다. 독일에 있을 때 한국에 있는 지인들과 항공소포로 물물교환을 참 많이 했다. 항공소포는 EMS보다 느리지만 훨씬 저렴해서 편하게 자주 쓸 수 있었다. 때마침 펜팔로 편지를 주고받던 인공눈 님에게 마침 딱 만 원대의 일본 파이롯트사 만년필이 있었고, 내가 있는 독일에는 유명하고 저렴한 티백들이 있었다.

독일은 감기약이 없는 나라다. 일반 병원의 진료는 모두 예약제라 감기로 병원을 가는 일 자체가 잘 없을 뿐더러 감기를 열흘 넘게 앓다가 어찌하여 병원에 간다 해도 의사는 보통 차를 마시라고 처방한다. 그때 마시는 차가 바드 하일브루너(Bad Heilbrunner)의 감기차이다. 감기차만 있는 게 아니라 기침차, 배탈차 등도 있어서 한국에서는 '약차'로 알려져 있다.

그렇게 티백과 교환해 얻은 파이롯트 만년필은 지금 내가 가장 자주 쓰는 만년필이 됐다. 필기하며 공부할 때, 친구들에게 편지를 쓸 때, 이전에도 여러 번 엽서를 교환해 본 지인들에게 엽서를 보낼 때, 이 만년필은 좋은 조력자가 됐다.

하지만 초면인 사람에게 엽서를 쓸 때만큼은 제외다. 내 글씨는 다소 작은 편인데, 이 가는 선의 만년필과 작은 글씨가 만나면 엽서의 쓰는 공간이 작지만은 않다. 여러 번 교환을 한 사람에게는 이런저런 할 말이 많기 때문에 글씨가 작을수록 편하다. 하지만 모르는 사람에게 보낼 엽서에는 아무리 쓸 거리를 그러모아도 할 말이 많이 떠오르지 않아서, 공간을 편히 채울 수 있도록 글씨를 키우고 좀 더 선이 굵은 펜을 찾게 된다.

이런 이유로 하나만 있어도 만년을 쓴다는 만년필을 몇 자루나 가지고 있다. 만년필은 비싸다는 인식이 있지만 실제로는 만 원 이하의 저가형부터 수백만 원은 족히 넘는 고급 모델까지 가격의 폭이 넓은 도구인 만큼, 절제만 할 수 있다면 몇 자루 갖추는 게 크게 부담되진 않는다. 수백만 원짜리를 사서 쓸 형편은 안 되는지라, 몇만 원 정도의 중저가 만년필들을 사용한다. 최대 금액은 10만 원. 스스로 정한 가격 상한가는 취미 부자인 내가 파산하지 않기 위한 몸부림이다.

세상에는 만년필을 수십수백 자루쯤 보유하고 있는 사람들이 많지만, 나는 그렇게 많이 모을 수는 없었다. 저가형 만년필이 있다고는 해도 모든 만년필이 저렴하지는 않으니까. 만년필을 마음껏 살 수는 없는 대신, 만년필에 들어갈 잉크로 눈을 돌렸다.

글을 쓸 때 가장 흔히 쓰는 색은 검은색이나 파란색이다. 평생 그 색 볼펜만 쓰는 사람도 많을 것이다. 한국에서는 검은색이 기본 색상이고, 유럽권에서는 파란색을 많이 쓴다. 하지만 기본색이라고 해서 늘 그런 색들만 쓸 수는 없지 않겠는가. 엽서를 받았는데 거기 쓰인 글씨가 평소에 보던 검고 푸른색이 아닌 새로운 색, 산뜻하고 화려하고 반짝이는 색이라면 기분이 더 좋아지지 않을까. 그래서 더 많은 색, 더 다양한 색을 찾아 나섰다.

"하늘 아래 같은 색은 없다."라는 말처럼, 잉크들은

무엇 하나 같지 않았다. 파란색이 다 같은 파란색이 아니고, 분홍색이 다 같은 분홍색이 아니었다. 게다가 잉크가 많을수록 다양한 시도를 해볼 수도 있었다.

잉크를 섞어서 새로운 색을 만드는 걸 만년필을 좋아하는 사람들은 잉금술(잉크+연금술)이라고 부른다. 만년필을 써본 사람은 알 것이다. 잉크를 주입하거나 잉크병을 만질 때 잉크가 손에 묻기가 얼마나 쉬운지. 그런데 나는 얼마나 자주 새로운 색을 만들어댔던지, 이제 손에 묻지도 않는다.

만년필 잉크를 하도 사다 보니 방에 더 이상 둘 곳이 없어졌다. 그럼에도 새 잉크를 써보고 싶은 마음을 누르지 못해서 사람들이 5~10밀리리터씩 소분해서 파는 잉크를 샀다. 하루는 엄청 작은 택배 박스가 도착하자 아빠가 궁금해했다.

"뭘 산 거야?"

"잉크."

"잉크? 무슨 잉크?"

"만년필 잉크야."

"만년필을 써? 언제부터 썼는데? 아, 잠시만 있어봐.

아빠도 만년필 가진 거 있어. 예전에 선물받은 건데 보여줄게."

"에이, 누가 만년필을 아빠한테 줘? 볼펜 아냐? 면세점에서 만 원이면 열 개 사는 거!"

아빠가 만년필을 쓸 리가 없다고 생각했던 나는 그렇게 반응했다. 어디선가 아빠가 들고 온 케이스가 생각보다 많이 무거웠고, 설마 했더니 정말로 만년필이었다.

모델명도 몰랐지만, 딱 스탠더드 만년필의 생김새 그것이었다. 심지어 금촉이다. 검색을 해보니 프랑스 공장에서 만들어진 미국 브랜드 파카의 단종된 모델이었다. 래티튜드(latitude, 위도, 자유)라는 아주 그럴듯한 이름도 갖고 있었다. 아빠에게 건네받은 저 파카 만년필은 10만원 제한이 있는 내가 가진 가장 비싼 만년필이되었다.

하늘에서 뚝 떨어진 만년필 하나에 괜히 가슴이 벅차오르던 날이었다. 아, 역시 취미는 모두에게 공개해야 하는구나. 좋아하는 건 좋아한다고 외쳐야 주변에서 "나도 그거 좋아하는데.", "나도 그거 참 궁금했는데 알려 수 있어?" 하며 함께해 준다. 같은 걸 좋아하지 않는 사람들도 길을 가다가 내가 좋아하는 것을 보았을 때 나를 떠올리며 챙겨준다. 그러니 좋아하는 것은 숨기지 않고 동네방네 소문내야 하는 법이다.

우표, 엽서, 펜, 만년필, 잉크. 이제까지 언급한 내 수집품들이다. 몇 개나 가지고 있는지 세어볼 수도 없을 정도다. 하지만 정확히 얼마나 가지고 있는지 세면서 모으는 물건이 있으니, 바로 마스킹 테이프다.

우리 집에는 각종 무늬가 그려진 예쁜 테이프들이 100개 조금 넘게 있다. 결단코 적은 양이 아님에도 불구하고 꼬박꼬박 잘 세어온 것은, 한군데 모아두지 않으면 잘 써지지 않기 때문에 다 같이 보관하면서 파악한 탓이다. 워낙에 부피랄 것도 없고 작아서 모아두면 별로 많아 보이지도 않는다.

가지고 있는 마스킹 테이프가 100개가 넘는데, 모아두면 적어 보이는 탓인지, 매번 보관통을 뒤져도 필요에 딱 맞는 것을 찾을 수 없다. 그 탓에 계속 새로 사게 된다. 가격도 비교적 저렴해 부담도 없으니 자꾸 구매한다. 옷장 가득한 옷을 보며 입을 옷이 없다고 하는 것과 비슷할지도 모르겠다.

나는 마스킹 테이프를 엽서에 붙인다. 보통 엽서와 편지 가장자리를 보호하는 용도로 덧대는 것이다. 봉투가 없이 발송되는 엽서는 모서리가 여기저기 부딪히면서 손상될 가능성이 높다. 접히거나 닳지 말라고 마스킹 테이프로 가장자리를 감싸면 한결 마음이 놓인다. 그러니까, 나는 분명 실용성과 기능성을 목적으로 마스킹 테이프를 사용하고 있었다.

그런데 어느 순간 마스킹 테이프의 디자인을 따지고 있는 나를 발견했다. 우표와 엽서와 마스킹 테이프의 삼위일체를 만드는 데 집착하게 된 것이다. 그러니까 세 가지를 모두 한 주제로 통일하고 싶다.

나는 전통문화에 대한 엽서와 우표를 좋아한다. 아무도 임명해 주지 않았지만 포스트크로싱으로 엽서를 보낼 때마다 외국인들에게 한국 문화를 알리는 문화 홍보대사 역할을 자처하고 있다.

오래된 한국 우표 중에는 한국의 전통문화에 대한 것들이 많다. 물론 최근에도 전통문화 관련된 우표들이 많이 나오고 있고, 예쁜 것들도 있다. 하지만 내가 생각하기에 전통문화 우표 디자인의 아름다움이 절정에 달했던 때는 1980년대였다. 최근에 발행되는 전통문화 우표 대부분은 이미지로 사진을 사용하기에, 일러스트를 사용한 1980년대의 우표들과 아름다움의 결이 다르다.

1980년대 우표는 얼마나 예쁘고 거래량이 적은지 대부분 액면가보다 배는 더 비싼 돈을 줘야 구할 수 있다. 70원짜리 우표 대부분은 120~150원 정도면 구할 수 있지만, 몇몇은 2,000원에 거래된다. 이마저도 거래 수량이 많지 않아서 구하기 위해 여기저기 발품을 팔아야 했다.

한국 우정 100주년인 1984년을 기념해 나왔던 '한국 우편의 어제와 오늘' 시리즈를 무척 좋아한다. 1884년 우정총국이 세워졌던 고종의 구한국 시대와 1980년대의 우편 문화를 비교한 시리즈였다. 우정총국 건물과 서울중앙우체국 건물, 도보로 배달하는 집배원과 오토바이를 탄 집배원, 우편물을 운송하는 말과 트럭, 최초의 우표인 문위우표와 (1980년대 당시의) 요즘 우표, 옛날의 나무 우체통과 지금도 자주 볼 수 있는 빨간 우체통. 우편 문화의 변화를 보여준다는 점에서 우표를 좋아하는 사람에게 이만큼 매력적인 우표도 없을 것이다.

이 우표는 60~70원짜리 우표가 열 장 들어있는 우표
전지 한 장이 1,200~1,500원 정도에 거래된다. 나는 이
우표를 많이도 좋아해 열 장짜리 세트를 세 세트 보유
하고 있다. 장당 1,200원에 판매하는 곳이 있다면 어디
든 또 살 마음이 있다. 언제 어떤 이유로 쓰게 될지 모르
기 때문이다.

저번에는 1986년에 나온 '과학 시리즈'를 2만 원이
넘는 가격에 사왔다. 세로로 긴 이 우표는 검푸른 우주
를 배경으로 관천대와 첨성대가 그려져 있다. 위에는
목성과 토성 같은 행성들이 환상적으로 자리잡고 있다.
전지 한 장은 당연히 보관용으로 두었지만, 함께 산 낱
장 우표들을 엽서에 붙여서 쓸까 말까 수천 번이 넘게
고민하고 있다. 4,000원을 들여서 산 우표로 140원의
우편 요금을 지불한다니, 경제적인 면을 보면 절대 합
리적인 소비가 아니다.

하지만 이 비싸게 구매한 아름다운 옛날 우표들을 꼭
우편용으로 쓰고 싶을 때가 있다. 합리적인 소비가 아
니더라도 그렇게 해서 이 예쁨을 누군가에게 알려주고

싶다. 우표 수집을 하지 않는 사람조차도 1980년대의 전통문화 우표들, 과학 시리즈를 보면 그 아름다움에 감탄할 것이다. 그리고 이왕 비싼 값을 주고 산 우표를 쓸 것이라면, 그 아름다움을 좀 더 극대화해서 느낄 수 있게 해서 보내주고 싶다.

그래서 나는 우표와 엽서의 테마를 통일하고, 거기에 꼭 맞는 마스킹 테이프까지 붙인다. 우체국 사진 엽서에 우체통 우표를 붙이고 마찬가지로 편지 봉투처럼 우편과 관련된 마스킹 테이프를 붙이면 세트 같을 것이다. 첨성대 야경 엽서에 과학 시리즈 우표를 붙이고, 그와 어울리는 우주 풍경을 담은 마스킹 테이프를 붙이면 어울리겠지. 우표에 찍을 날짜도장까지 함께 세트가 된다면 더할 나위 없이 만족스럽겠지만, 날짜도장은 관광인이든 기념인이든 아무 때나 쉽게 찍을 수 없다. 그래서 더 열을 올려 나머지 세트를 맞춘다. 마치 패션에서 색깔 맞춤이 있듯이, 우표와 엽서에도 주제 맞춤이 있다.

아무도 신경 쓰지 않는 것들에 격하게 신경 쓰는 게 덕후다. 나는 단언할 수 있다. 내가 수집의 양에 있어서는 여러 사정상 (주로 금전적인 이유로) 남들만큼 올인하

지 못했지만, '우표-엽서-마스킹 테이프 세트 만들기'
에서는 타의 추종을 불허할 정도로 신경을 쓰면서 잘해
왔다고.

전통 회화 중 내가 정말 좋아하는 분야가 바로 '책가
도'이다. 몇 년 전 다이소에서 책가도 마스킹 테이프를
만들었다는 소식을 듣고 바로 달려가 구매했다. 그리고
박물관에서 구매한 책가도 엽서에 책가도 마스킹 테이
프를 붙여 보내니 마음이 매우 흡족했다. 책장 가득 책
이 정돈된 이미지를 싫어하는 사람이 있을까? 책가도
를 처음 보는 사람에게도 그 엽서는 마음 어딘가에 딱
와닿는 느낌을 주었을 것이다. 그리고 마스킹 테이프가
그 느낌을 극대화해 줬을 거라고 믿고 있다.

사실 이때 우표는 맞추지 못했다. 1994년에 나온 '제
21차 만국우편연합 총회 기념' 우표 중 하나의 테마가
책가도였는데 미처 떠올리지 못했던 것이다. 1980년대
우표들을 모아둔 곳만 뒤적이다 어떻게 책가도 우표가
한 장 없을 수 있나 한탄하며 엽서와 마스킹 테이프만
붙여 보냈다. 1990년대 우표첩을 펼쳐서 살펴보았다면
찾았을 텐데. 2022년에 '책가도 병풍' 우표가 발행되기

전의 일이다.

군이 엽서에 맞는 마스킹 테이프를 붙일 필요는 없다. 우표만 요금에 맞춰 붙이고 주소만 제대로 쓰면, 엽서 내용을 썼든 마스킹 테이프를 붙였든 엽서는 잘만 간다. 그럼에도 계속해서 마스킹 테이프를 골라 붙이려고 하는 이유는 내 엽서가 예쁘게 돋보였으면 하는 마음 때문일 것이다. 내게 이렇게나 아름다운 마스킹 테이프가 있다는 것을 자랑도 하고 싶고, 엽서에 혼을 담고 싶은 마음도 있다.

마스킹 테이프들을 다시 살펴보니 정말 종류를 불문하고 많이도 샀다 싶다. 자주 쓰는 디자인이 있는가 하면 내 취향이 아니라 한 번도 쓰지 않은 것도 있다. 왜 샀는지 잘 기억나지 않는다. 과거의 나는 분명 마음에 든다고 샀을 텐데 오늘의 나는 꺼내보지도 않고 잊고 있다. 오늘의 내 취향을 미래의 나는 이해할 수 있을까.

분명 정품 라이센스로 나온 제품이지만 어딘가 부족해 보이는, 사소한 터치 하나로 이상해 보이는 곰돌이 푸우 마스킹 테이프 같은 것들은 이제 더는 꾸미기용으로는 쓰지 않는다. 내 마음은 그 테이프들을 쓸 수 없는 것으로 규정한다. 그래서 그저 모서리 보호 용도로 엽서에 둘러 보내곤 하는데, 받은 사람은 그 그림들이 이상하게 느껴지지도 않는지 마스킹 테이프를 떼지 않고 그대로 보관한다. "그냥 붙여 보낸 것이니 예쁘지 않은 마스킹 테이프는 떼어주세요."라고 구구절절 설명하기도 어렵고, 나의 취향과 타인의 취향이 다르기도 하니 그냥 넘어간다.

우표와 엽서, 마스킹 테이프의 조화가 나와 받는 사람만을 위한 것이라 생각한 적이 있었다. 그 외의 사람은 보지 않을 테니까. 우체국에서 근무하는 사람들은 수없이 많은 우편물들을 분류하고 배달하느라 바쁠 텐데, 설마 내가 쓴 엽서를 기억하겠어?

그런데 독일에 살던 시절 우편함 앞에서 집배원을 우연히 만났을 때 인사를 받았다. 거의 매일 엽서가 오던 시기였다.

"네가 60호 사니? 얼마 전에 반 고흐 엽서 봤는데, 그것 네 것 맞지? 우표도 반 고흐인 데다 그림과 같은 스티커가 엽서 가장자리에 붙어있었던 게 기억나. 나도 반 고흐 좋아하는데, 엽서 보내준 네 친구도 반 고흐를 좋아하니?"

나는 적잖이 놀랐다. 독일은 한국보다 우편을 훨씬 많이 이용한다. 집배원은 그 많은 우편량 때문에 주소만 확인하고 우편함에 빠르게 넣고 다음 주소로 바삐 움직일 거라고만 생각했는데, 그렇지도 않았던 것이었다. 감격스럽기까지 했다. 나의 엽서-우표-마스킹 테이프 삼위일체를 전혀 교류가 없었던 사람이 알아봐 주다니!

독일에서 오가는 우편물 대부분은 봉투에 보내는 주소도 없이 받는 주소만 적혀있다. 개인정보 보호 차원에서 그렇게 쓴다. 그렇게 깔끔한 우편 봉투들이 주로 오가는 곳에서, 보내는 곳뿐만 아니라 내용까지 모두 공개된, 예쁘게 꾸며진 엽서들이 눈에 띄었을지도 모르겠다.

반년 정도 지나자 내가 살던 아파트로 오는 모든 엽서가 다 내 우편함에 들어오기 시작했다. 심지어 다른 사람에게 온 엽서까지 내 우편함으로 모였다. 이 동네로 오는 엽서는 다 대충 내 것으로 간주된 모양이었다. 우편함을 한가득 채운 엽서를 신나서 꺼냈더니 그중 일부는 내 것이 아니라 실망할 때가 생겼다.

어릴 때는 왠지 주변에 나의 취향을 들키기 싫어서 꽁꽁 숨기고는 했다. 나와 같은 것을 좋아하는 사람들과 겨우 몇 가지 취향이 겹친다는 이유로 함께 묶이는 것이 싫었다. 나는 우표도 좋아하고, 노래방도 좋아하고, 여행도 좋아하는, 좋아하는 것이 너무나도 많은 사람인데 특정 취미 하나로 판단되고 싶지 않았다. 그러다 언젠가부터, 아마도 SNS 시대가 도래한 뒤로 내가 좋아하는 것들에 대해 마음껏 이야기하게 되었다.

같은 것들을 좋아하는 사람들을 인터넷 너머에서 만났다. 우표를 모으는 사람, 엽서를 좋아하는 사람, 만년필을 쓰는 사람. 취미를 공유하는 사람이 주변에 한 명씩 늘어날수록, 내 취미들이 더욱 좋아졌다. 내가 좋아하는 걸 보니까 내 생각이 났다며 연락을 주는 사람들도 생겼다. 만년필을 선물받고, 같이 잉크를 구입해 나누기도 했다. 펜팔과 예쁜 잉크로 편지를 써주며 서로의 새 만년필을 자랑했다.

나의 취미들은 어딘가에서 다들 만나고 있었고, 나는 취미를 통해 사람을 만났다. 사람들과 좋아하는 것들을 공유하면서 즐거움은 몇 배로 커졌다.

더는 내가 좋아하는 것을 숨기지 않는다. 우표도 만년필도 영화도 여행도, 한 사람이 모두 다 좋아할 수 있는 것이니까. 같은 취미를 갖고 있는 사람들을 만나서 몇 배의 즐거움을 누릴 수도 있으니까. 나를 즐겁게 하는 것이 있다면 무슨 수를 써서라도 붙들고 지내야 한다. 세상에 나를 즐겁게 하는 일이 그리 많지는 않으니까.

사슬처럼 이어지는 엽서의 여행

우표에 제대로 빠지고 나면 우표의 수집 분야가 얼마나 많은지, 그리고 또 우표를 매개로 다른 사람들과 함께 할 수 있는 유희가 얼마나 많은지 새삼 놀라게 된다. 맥시멈 카드와 초일 봉투 만들기도 재미있지만, 우표 놀이 중 내가 가장 좋아하는 것은 '체인 카드(chain card)'다.

체인 카드는 말 그대로 사슬처럼 이어져 전달되는 엽서다. 나에게서 출발한 엽서는, 다음 사람으로, 그다음 사람으로 전해지다가 한 바퀴 돌아 다시 내게로 돌아온다. 사람들은 엽서가 도착할 때마다 각자 우표를 붙여서 다음 사람에게 보낸다. 그렇게 내 엽서는 몇 개월 동안 세계를 전전하다가 우표가 가득 붙어 내게 돌아온다.

체인 카드는 그룹을 이뤄 진행한다. 직접 해보고 싶은 사람들을 위해서 간단하게 과정을 설명해 보겠다.

체인 카드 진행 방법

준비물: 다른 참여자들, 엽서, 같은 주제의 우표 여러 장(참여자 수×내가 붙일 우표 수)

1. 체인 카드를 진행할 그룹을 결성한다. 주로 인스타그램에서 #chaincard 해시태그를 이용해 모집한다.

2. 각자 자신이 준비한 우표 정보(붙일 우표의 개수와 사이즈)와 주소를 공유한다.

   예) 우표를 2장씩 붙일 예정이고, 우표 사이즈는 각 3×4cm 이다.

3. 엽서를 보낼 루트를 결정한다.

   예) A → B → C(나) → D → E

4. 공유한 정보를 바탕으로 내 엽서에 우표들을 어떻게 배치해 붙일지 위치를 정해 표시한다.

5. 우표를 붙인 내 엽서를 다음 사람(D)에게 보낸다.

6. 이전 사람(B)이 내게 보낸 다른 엽서들에도 우표를 붙여서 다음 사람(D)에게 보낸다. 이때 다른 사람이 붙인 우표는 위에 종이를 덧붙여 가린다.

7. 참여자 수만큼의 엽서가 나를 거쳐간다.

8. 처음 보낸 내 엽서가 돌아온다.

보통 체인 카드는 한 가지 주제를 가지고 진행되고, 여러 나라 사람들이 함께한다. 그래서 내가 여러 장 가지고 있는 우표의 주제에 맞는 그룹에 들어가야 한다.

참가자가 1~3장씩의 우표를 엽서 한 장에 붙여 보내기 때문에 완성된 체인 카드에는 우표가 가득 붙어있다. 완성된 결과물이 너무 비어 보이면 곤란하니, 최소 네 명의 사람들이 모여 체인 카드를 진행한다. 각자 두 장씩 붙이면 여덟 장이다. 가끔 여섯 명이 진행하는 체인 카드도 있었는데, 두 나라를 더 들르고 오니 더 오래 걸렸다. 그래서 나는 네 명이서 우표 두세 장씩 붙이는 게 가장 적당하지 않나 싶다. 그렇지만 한 시리즈에 여러 종이 나온 주제가 아니라면 같은 주제의 우표를 세 장 이상 모으기란 좀처럼 쉽지 않다.

체인 카드는 한 장의 엽서에
여러 사람이 돌아가며 우표를 붙이는 놀이다.

체인 카드라는 놀이가 시작된 지는 그리 오래되지 않은 것으로 기억한다. 꽤 초창기였던 8년쯤 전에는 각자 우표를 붙일 위치를 정하지 않았다. 하지만 지금은 우표의 크기를 다 공유해 어느 우표를 어디 붙일지를 미리 정하는 일이 흔하다. 엽서와 우표의 크기가 모두 제각각이라 나중에 엽서에 자리가 많이 남거나 모자랄 수 있기 때문이다. 나처럼 게으른 체인 카드 참여자는 여전히 "알아서 붙여줘~"라고 하지만, 요즘은 대부분 참여자들의 우표 사이즈를 종이에 오려 엽서에 대보고 붙일 위치를 정한다.

게다가 시간이 지날수록 주제도 더 까다로워지고 있다. 꽃, 우주, 전통 의상, 용, 돌고래, 등대 등 주제는 여러 가지다. 예전에는 꽃이면 그냥 단순히 '꽃(flower)'으로만 모집했는데, 요즘은 장미, 난초 같은 구체적인 식물로 모집하는 걸 많이 봤다. 심지어 식충식물까지 있어서 한국에서 식충식물 우표가 발행된 적 있는지 확인해 봐야 했다.

체인 카드를 하다가 가장 난처한 상황은 초기에 주로 발생했다. 지금은 다른 사람이 붙인 우표에 종이를 덧대 가리지만 그때는 그런 문화가 정착되지 않았었다. 이런저런 우표들이 가득 붙어있는 엽서를 본 우체국 직원들이 우표들을 볼펜으로 죽 그어버리는 경우가 왕왕 있었다. 볼펜으로 우표를 사용했음을 표시하는 펜 소인을 하는 셈인데, 처음에는 이걸 보고 분개했다.

모르는 사람이 보기엔 엽서 한 장에 우표가 덕지덕지 붙어있으니 모두 말소 처리해야 하는 게 맞긴 할 것이다. 하지만 이미 다른 우표들에 소인이 되어있는데 굳이 왜 볼펜으로 죽죽 그어야 하는지. 얼마나 속상했는지 체인 카드 참여자들과 함께 재발 방지를 요청하는 항의 서한을 보낼까 고민하기까지 했다. 직원이 왜 그랬는지는 안다. 볼펜으로 그어버리는 게 도장 찍는 것보다 편했겠지.

하지만 모르는 사람들을 붙들고 체인 카드에 대해 매번 일일이 설명하느니 애초에 이런 일이 생기는 것을 방지하는 편이 편할 것이다. 그래서 사용된 우표들을 종이로 가리자는 암묵적인 약속이 생겼다. 우표를 보호하기 위해 조금 불편해도 그렇게 하기로 했다.

체인 카드 참가자 모집 문구에는 'picky(까다로운)'라는 형용사가 꽤 자주 등장한다. 최종적으로 모이는 우표 십여 장의 조화가 중요하기 때문에, 참여할 우표의 디자인을 보고 참여 여부를 결정하겠다는 것이다. 또한 국제적으로 진행되는 체인 카드 그룹에서는 국가를 중복으로 받지는 않는 편이다.

보통은 우편 속도 때문인지 최단 루트에 따라 순번을 정한다. 통상 우편은 오가는 데 시간이 걸리는 편이니 어쩔 수 없다. 이웃한 나라들끼리 가까이 붙여서 순서를 정하다 보니 보통 한국에서는 일본이나 중국, 대만 등 아시아 국가에 보내는 것으로 루트를 짜게 된다. 게다가 코로나-19로 우편이 원활하지 않아졌을 때는 항공우편 발송이 불가능한 국가가 많아져서 발송 가능한 루트로 짜는 데 더 머리를 써야 하게 됐다.

2021년 가을, 나는 미국, 캐나다, 벨라루스, 러시아 네 나라의 사람들과 함께 체인 카드를 진행했다. 주제는 베리(Berry). 인스타그램에서 모집글을 보고는 관련된 우표를 가지고 있는지 확인해 보았다. 주최자에게 참여하고 싶다고 메시지를 보냈다. 단종되어 더 이상은 구하기 어려운 70원짜리 홍월귤 우표와 30원짜리 왕머루 우표 사진과 함께.

엽서 발송 루트는 '한국 → 미국 → 캐나다 → 벨라루스 → 러시아'로 정해졌다. 미국과 캐나다, 벨라루스와 러시아는 우편이 빠르기로 유명하다. 이 루트에서는 아마 러시아에서 한국에 있는 내게 오는 구간에 가장 긴 기간이 걸릴 듯했다. 아무리 빨라도 한 달 정도는 걸리겠지.

순탄하게 진행되었다면 나는 엽서에 한국 우표를 붙여 미국으로 보내고, 러시아 사람이 보낸 엽서를 받았을 것이다. 다섯 장의 엽서들은 순서대로 모든 나라를 거쳤을 것이다. 나한테서 출발한 내 엽서도 몇 개월 동안 저 나라들을 순서대로 거쳐 결국 내게 돌아왔을 것이다.

그렇게 평범하게 끝나야 했는데, 이 체인 카드는 평소와는 다소 다른 방식으로 종료되었다. 러시아와 우크라이나 사이에 전쟁이 벌어지면서, 인접국인 벨라루스에 살던 사람이 발칸반도에 있는 몬테네그로로 피난을 떠난 것이다. 내 엽서는 그런 경황 없는 상황에서도 분

실되지 않고 무사히 한국으로 돌아오긴 했다. 다만 벨
라루스 우표는 붙어있지 않았다. 벨라루스를 건너뛰고
캐나다에서 러시아로, 러시아에서 한국으로 온 것이다.

이후 몬테네그로에서 벨라루스 우표 두 장이 봉투에
담겨 도착했다. 러시아 사람도 엽서를 봉투에 담아서
보내주었다. 봉투에는 이렇게 적혀있었다.

러시아에서 사랑을 보냅니다.(Love from Russia.)

이 흔한 글귀가 그때처럼 크게 와닿은 적이 없었다.
복잡한 마음이 들었다. 2022년에 전쟁으로 피난을 가야
하는 사람과 전쟁 속에서 오가는 우편이라니.

이런저런 주제의 체인 카드에 참여했지만 내가 가
장 좋아하는 주제는 '꽃'이다. 꽃 체인 카드를 보면 이국
의 꽃밭이 연상된다. 체인 카드에 사용한 엽서도 꽃 그
림이고, 테두리 보호용으로 꽃 마스킹 테이프를 붙여놓
기까지 했더니 꽃밭에 와있는 느낌까지 받는다. 세계
의 여러 꽃들이 모인 꽃밭 말이다. 꽃이라는 주제로 한

곳에 모였지만, 나라마다 우표에서 구현한 꽃의 모습이 모두 달라 봐도 봐도 심심하지가 않다.

독일에서 지낼 때는 꽃 우표 체인 카드에 끝없이 참여했다. 독일의 일반우표 주제가 꽃이라 꽃 우표를 쉽게 구할 수 있었기 때문이다. 튤립, 해바라기, 카네이션, 수선화, 은방울꽃, 장미, 백합, 개양귀비, 붓꽃, 데이지 등 일반우표의 꽃 종류만 60가지가 넘어 다양한 우표를 사용할 수 있었다.

한국에서도 꽃 체인 카드에는 쉽게 참여했다. 다양한 꽃 우표 중에서 골라내면 되었으니까. 일반우표 중에 무궁화가 있기도 하고, 기념우표에서도 꽃은 자주 나오는 주제다. 2022년에도 노란 갓꽃과 보라색 우엉꽃 그림을 담은 '채소꽃' 우표가 나왔고, 2021년에 나온 '약용 식물' 우표에는 삼지구엽초, 익모초, 인동덩굴, 참당귀 같이 평소 쉽게 보지 못하는 약용 식물의 꽃 그림이 들어갔다. 내가 가장 자주 쓴 꽃 우표는 2000년대에 나왔던 '한국의 난초 시리즈' 우표들이다. 네 종씩 다섯 번이나 나와서 종류가 많기도 했고, 무엇보다 이 우표는 특수우표라 향기가 나서 꽃밭에 향까지 더할 수도 있다.

'색깔'도 자주 진행되는 체인 카드 주제 중 하나다. 무난해 보이지만 생각보다 까다롭다. 이런저런 그림들이 다양한 색으로 그려져 있는 우표 중에서 특정 색만 들어 있는 우표를 찾아내기란 쉽지 않다. 물론 한 가지 색만 들어간 우표도 존재는 하지만 그리 많지 않다. 빨강, 노랑, 주황, 초록, 보라…. 여러 색을 주제로 체인 카드가 진행되지만 가장 쉽게 모집되는 색은 파랑이다. 바다나 강, 수생생물을 테마로 한 우표에는 필연적으로 파란색이 사용되니 파란색 우표가 유난히 많은 듯도 하다.

내가 1980년대 우표를 좋아하게 된 것도 색깔 체인 카드 때문이었다. 그 시절 우표는 지금과 다른 색감을 가지고 있어서 색깔 체인 카드에 사용하기 좋다. 요즘 우표 그림은 대부분 사진을 이용하다 보니 한 우표 안에 다양한 색이 선명하게 들어간다. 하지만 옛날 우표들은 직접 그린 일러스트를 많이 사용했고 인쇄 기술이 떨어지던 탓인지 색이 제한적으로 쓰였다. 몇 가지 색으로만 찍은 판화 같은 느낌도 많이 나는 편이다. 그렇다 보니 빨간색, 노란색만 가득한 우표를 찾기도 쉽다. 액면가로 구하기 어려운 옛날 우표지만, 체인 카드를 위해서라면 이쯤이야.

체인 카드를 하면서 재밌었던 사건이 하나 있다. '오래된 우표처럼 보이는 우표'라는 주제로 체인 카드를 진행할 때 있었던 일이다. 우표는 사람들의 로망을 자극하는 만큼 예나 지금이나 우표 모양 스티커는 흔하게 볼 수 있다. 나도 우표 스티커를 조금 가지고 있는데, 독일에 가면서 몇 장 챙겨 갔었다. 그때 가져간 우표 스티커가 이 체인 카드의 주제와 꽤 어울려 진짜 우표 옆에 그 스티커를 같이 붙였다.

그 스티커 하단에는 "Berlin(베를린)"이, 왼쪽에는 세로로 "Deutsche Bundespost(독일 연방 우체국)"가 적혀있어 더 그럴듯하게 우표처럼 보였다. 현재의 독일 우표에는 발행 연도와 "Deutschland(독일)"이 적혀 실제 독일 우표와는 차이가 좀 있다. 한국으로 치면 대한민국이 아니라 대한제국이 적혀있는 것과 비슷한 느낌이다. 하지만 우체국 직원이 그 차이를 한눈에 알아보기는 쉽지 않았던 모양이다.

세계 여행을 끝내고 다시 내 손에 들어온 엽서를 보고 한참을 웃었다. 얼마나 신경 써서 도장을 찍어주었는지, 스티커에 찍힌 도장이 진짜 우표에 찍힌 것보다 훨씬 선명했다. 도장이 번지지도 않고 큼직하게 잘 찍혀있는 스티커를 보고 기분이 몹시 좋았다. 베를린에서 발행한 어떤 오래된 관광 우표라고 생각했을지도 모르겠다.

독일이 분단되어 있던 시절 동독은 DDR(Deutsche Demokratische Republik, 독일 민주 공화국)로, 서독은 Deutsche Bundespost(독일 연방 우체국)로 우표를 발행했다. 직원은 아마 "Deutsche Bundespost"라고 쓰인 우표 스티커가 서독에서 발행했던 우표라고 생각해 정성 들여 도장을 찍어준 것이 아닐까.

코로나-19 때문에 국제 우편이 막히다시피 한 시기에 체인 카드들이 모두 여행을 멈췄다. 세상을 여행하던 엽서들은 세계 곳곳의 서랍 안에서 잠들었다. 국제 우편 상황이 나아지면서, 멈췄던 체인 카드들은 이제 다시 움직이기 시작했다. 지금도 지구 어딘가에서는 내가 보낸 엽서들이 다시 집에 돌아오기 위해 여행을 하고 있을 것이다.

우취 강국 독일의
우표 파는 우체국이 겨우 26곳?

몇 년 전 한국 사회가 나를 옥죄어 오기 시작했을 때 독일행을 결심했다. 타국 생활 자체야 오랫동안 마음에 두고 있었기에 급작스러운 건 아니었지만 독일이라는 나라를 고른 건 주변인들에게도 예상 밖이었을지도 모르겠다.

왜 굳이 독일이었느냐 하면, 독일이 우취 강국이기 때문이었다. 정말로. 내 취미를 유지할 수 있는 나라라는 게 정말 중요한 요소였다. 치안이 안 좋아서 혼자서 우체국을 가는 것도 힘든 나라라면 이주를 고려해 보지도 않았을 것이다. 독일 생활을 결심하자마자 보름이 채 되기 전에 도망치듯 비행기를 탔다.

한국도 그러하지만, 독일에서 기념우표를 사려면 다소 발품을 팔아야 한다. 대부분의 우체국에서는 일반우표만 판매하기 때문이다. 독일의 일반우표에는 다양한 꽃이 들어가 있다.

처음 독일에서 우편을 받았을 때는 이게 일반우표인 줄도 모르고 신경 써서 예쁜 우표를 붙여 보내줬다며 혼자 엄청 감동을 받았다. 하지만 독일에서 받는 우편물이 많아질수록, 독일에는 다른 우표는 없는지 의심이 들었다. 늘 꽃 우표만 받으니 수집가로서는 통일성 있어서 좋으면서도 재미가 없었다.

웬걸, 독일에 도착해 보니 헤아릴 수 없이 많은 우표들이 있었고, 매달 3~5종씩 새로 발행되기까지 했다. 아니, 독일 사람들은 이 아름다운 우표들을 놔두고 여태 다들 일반우표만 사용했단 말이야? 왜 보내는 우표에 신경을 써주지 않는 거야.

이젠 이유를 안다. 기념우표는 구하기 어렵다. 독일에 막 도착한 나는 기념우표를 살 방도를 찾기가 힘들었다. 일단 가까운 동네 우체국에서는 팔고 있지 않았다. 한국에서도 기념우표는 구하기 번거로우니, 독일에서도 모든 우체국이 기념우표를 판매하지 않으리라고는 생각했다. 그러면 한국에서 하듯이 인터넷에서 사면 될 텐데, 독일어가 서툴러 그 생각도 떠올리지 못했다. 가장 큰 문제는 '기념우표'가 독일어로 무엇인지 모른다는 것이었다. 내가 아는 단어는 '우표(Briefmarken)'뿐이었다.

나중에 알게 된 건데, 'Philately'나 'Philatelie'라고 적힌 창구가 있는 우체국에서 기념우표를 구매할 수 있다. Philately는 영어, Philatelie는 불어와 독일어인데, 뜻은 같다. '우표 수집 및 연구'라는 뜻이다. 한국에서 '우취'라고 줄여 말하는 그 활동이 한 단어로 존재한다는 것이 참 신기하다.

독일 우체국의 기념우표 판매 창구 정식 명칭은 '필라텔리 숍(Philatelie Shop)'이다. 전국 26개의 우체국에서 필라텔리 숍을 운영하고 있다. 한국은 170여 곳의 우체국에서 기념우표를 판매한다. 독일의 면적은 한국의 두 배 정도인데 기념우표를 파는 곳은 절반도 안 되는 것이다. 이러니 우표를 사고 싶어도 살 수가 있나.

나는 참 운이 좋았다. 단순히 구경하러 들어갔던 프랑크푸르트 우체국이 우연히도 기념우표를 파는 곳이었다. 그곳에서 처음 샀던 독일 기념우표가 맥주 관련 우표였다. 독일하면 맥주 아니겠는가. 다른 사고 싶은 우표도 많았지만 독일에 온 지 얼마 안 되었던 시기라 돈 나갈 곳이 많아 우표를 원 없이 살 수는 없어 자제했다.

맥주 우표를 사고 신이 나서 인스타그램에 사진을 올렸더니, 체인 카드를 같이 했었던 독일인이 운이 좋다고 말을 걸어왔다. 모든 독일 우체국에서 우표를 판매하는 것은 아니라는 것이다. 독일에서 우표를 사려면 어떻게 해야 하는지를 친절하게 알려주었는데, 설명을 보니 내가 정말로 운이 좋았다. 전국 26곳의 우체국 중 하나를 우연히 갔다니. 이후로 괴테 동상이 보이는 도심의 프랑크푸르트 우체국은 내가 자주 찾는 장소가 되었다.

독일어를 하나도 못하면서 손짓 발짓으로 100유로어치씩 우표를 사가던 외국인이 직원에게 어떤 인상으로 남았을지 궁금해진다. 우표를 사러 왔다는데 독일어를 어찌나 못하는지, 숫자 2(zwei)와 숫자 3(drei)을 헷갈려서 몇 번이나 손가락을 접었다 폈다. 두 장 산다고? 세 장이라고? 3691번 우표를 구입하고 싶다고? 아니 2691번이라고?

한국에서는 철 지난 기념우표를 구입하기 어렵지만, 독일의 취미우표 취급 창구에서는 지나간 기념우표를 어렵지 않게 구할 수 있었다. 대신 우표 번호를 직접 얘기해야 했는데, 2와 3이 어찌나 헷갈리는지 주문하는 데 애를 먹었다. 어디 가서 독일어를 배우고 있다고 말하기도 부끄러울 정도였다. 그래서 우체국에 갈 때 딱한 문장만 외우고 갔다.

"나는 이 우표 구입을 희망합니다."

숫자 말하기를 피하며 비치된 우표를 손으로 짚으면, 꼭 창구 직원은 내게 되물었다.

"2691번 우표 맞나요?"

그러면 나는 2와 3이 또 헷갈려서 한 번 더 생각해야 했다. 뭐가 그리 헷갈린다고? 하지만 정말 난감할 정도로 내겐 어려운 문제였다. 심지어 독일어 학원 선생님이 매일 내게 수업 시작 직전에 질문을 던질 정도였다.

"은경아, 오늘 날짜를 알려주겠니?"

"3016년 6월 5일입니다."

그렇게 신경을 쓰고 또 쓰고도 늘 천 년의 시간을 뛰어 넘어버렸다.

2와 3도 구분 못하는 외국인이 우표 구매에 대한 열정만큼은 누구보다 대단했다. 100유로 지폐를 냈는데 거스름돈으로 잔돈만 받았다. 내가 뭘 샀다고 이것밖에 안 남았지? 내 얼굴에 의구심이 가득했는지 직원이 하나하나 구입한 목록과 금액을 알려줬다. 신용카드 청구서를 받아보면 돈 쓴 것도 없는데 과잉 청구된 것처럼 느껴지지만, 하나하나 따져보면 내가 다 여기저기서 쓴 돈이듯이, 우표 구매 영수증도 그러했다. 이제는 영수증 길이만 보고도 '또 사치했구나.' 하고 깨닫지만, 그때는 몰랐다.

프랑크푸르트에서 남쪽으로 75킬로미터 정도 떨어져 있는 만하임은 내가 처음 거주한 도시였다. 만하임에서 역시나 우연히 길을 가다 우체국을 발견해 들어갔다. 그저 작은 우체국이라고 생각해 들어갔는데 생각보다 커서 놀랐다. 건물 하나가 통으로 우체국이었다니.

이쪽부터 저쪽까지 모두 우편 창구였다. 거기다, 기념우표 취급 창구까지 있는 것이 아닌가. 26곳의 우체국 중에 하나가 있을 정도로 만하임이 큰 도시라는 사실은 그곳을 떠나고야 알았다.

프랑크푸르트 우체국의 기념우표 창구에는 언제나 줄이 있었다. 그래서 뒷사람을 생각해 빨리 구매를 하기 위해 우표 번호를 꼭 불러야 했는데, 만하임은 상대적으로 작은 도시라 여유가 있어 번호를 부르지 않아도 됐다. 하지만 계속 찾아가다 보니 나중에는 창구 직원과 친해졌고, 직원은 사람이 없을 때 내게 일부러 우표 번호 말하는 법을 연습시키기도 했다.

첫 도시인 만하임에서의 2년을 잘 지내고, 학교가 있는 두 번째 도시로 이사를 갔다. 다음 도시에는 기념우표를 판매하는 우체국이 없었다. 그래서 오프라인에서 우표를 사는 것을 포기하고 인터넷 우체국을 이용해 보았다.

독일에서는 기념우표가 매달 첫째 주 화요일에 발행된다. 그날에 맞춰 인터넷 우체국에서 주문을 하더라도 일반우편으로 배송되기 때문에 하염없는 기다림의 시간이 이어진다. 보통은 이틀 만에 도착을 하는데, 보통이 아닌 경우가 생각보다 많이 생긴다. 우편함에 잠금 시스템이 있어 분실은 걱정하지 않았지만, 언제 도착하는지는 좀 알고 싶었다. 게다가 나는 주문했던 우표가 주소 불분명으로 반송되는 드문 경험까지 실제로 해봤다. 그런 경험을 하고 나니 오프라인 구매가 절실해졌다. 좀 더 시간이 걸리더라도, 직접 가서 사고 말겠다고.

기차를 타고 프랑크푸르트까지 가는 데는 한 시간이 걸렸다. 결국 나는 매달 첫째 주 화요일이면 프랑크푸르트에 갔다. 그나마 다행인 건 독일 대학교에 등록된 학생은 특정 기간을 제외하면 기차를 무료로 탈 수 있어서 교통비 걱정은 덜었다는 것이다. 필요한 건 시간뿐.

2019년 7월, 인류가 달에 착륙한지 50주년이 되던 해라 이런저런 천문학 관련 행사들이 많았다. 이런 빅 이벤트에 우표가 빠질 수는 없다. 전 세계에서 관련 우표들이 나왔다. 독일도 예외는 아니었는데, 미리 공개된 우표 이미지를 보니 감탄이 나왔다. 시트 아랫부분의 2/3이 달이고, 우표 안쪽의 달과 이어졌다. 그 위로 아직 달에 착륙하지 않은 아폴로 11호가 떠있었다. 시트를 가로지르는 달의 궤도가 금박으로 그려져 있었고, 글씨도 전부 금박이었다.

우표는 대부분 한 장에 여러 장이 들어있는 전지로 나오지만, 몇몇 우표들은 손바닥만 한 작은 종이에 우표가 한두 장 들어있는 소형 시트로 발행한다. 달 착륙 50주년 기념우표는 소형 시트가 발행됐다.

이 우표는 평소보다 비쌌다. 독일 우표 중 가장 고액권인 3.7유로(약 5,000원)으로 발행되어서 원하는 만큼 쟁여두고 쓰는 건 불가능했다. 하지만 이만 한 아름다움이면 소량이라도 꼭 사야 했다. 마침 그달 첫째 주 화요일에는 별일이 없었다.

평소 독일은 한국보다 우표를 많이 발행해서 한국에서 하던 것처럼 우체국 문 여는 시간에 가서 줄 설 필요가 없었다. 하지만 이 우표는 느낌이 왔다. 게으름 부리면 내 것은 없을 것이라는 그 느낌.

학교 기숙사에서 여섯 시쯤 출발해서 프랑크푸르트 중앙우체국에 도착하니 여덟 시 반이었다. 독일 우체국이 아홉 시 반에 연다는 것을 모르고 일찍 간 탓이다. 참으로 길고 긴 한 시간이었다. 1등으로 들어간 나는 기념 우표 창구로 가서 당당히 외쳤다.

"오늘 나온 우표 주세요. 달 착륙 우표요."

"오늘 인류 달 착륙 50주년 우표는 열 장짜리 전지만 발행되었어요."

"소형 시트는요?"

"발행이 되지 않았어요."

"뭐라고요? 저 이거 사러 기차 한 시간 타고 왔어요…."

내 말을 들은 직원은 놀란 표정을 보였다. 내일은 있을 거라는 직원의 말에 나는 발걸음을 돌리고 프랑크푸르트의 친구 집에서 하룻밤을 묵었다. 하지만 다음 날에도 우표는 없어 허탕을 쳤다. 화요일, 수요일, 목요일 삼고초려 끝에 그토록 기다리던 소형 시트를 살 수 있었다.

사흘 내내 우체국에 왔던 것이 하나도 아깝지 않을 만큼 공개된 도안보다 실물이 예뻤다. 한 장만 사면 분명히 후회할 것이 뻔해서 넉 장을 사버렸다.

독일에서 우취 활동을 하다 보면 독일이 다양한 면

에서 우편 강국이라는 점을 실감한다. 독일의 우표들은 다양한 우표 시리즈가 계속 이어진다는 점이 특히 좋았다. 클래식 자동차, 5월 감사의 달 기념, 부활절 기념 토끼, 아름다운 독일 도시 파노라마, 등대 등이 매년 발행되고 있었다. 클래식 자동차 시리즈는 한국의 우표 잡지인 《월간 우표》에 한 번 소개된 적도 있는데, 포드 등 클래식 자동차라 불리는 옛날 자동차들의 모습을 담는다.

독일 우표 시리즈 중 내가 가장 좋아한 것은 등대 시리즈이다. 등대 우표는 매년 7월에 발행된다. 2004년부터 2022년까지 10년 넘게 매년 발행되어 오고 있다. 세종이 발행된 2005년을 제외하면 거의 모든 해에 두 종씩 발행되었다.

다양한 이유로 철 지난 우표를 찾는 사람들을 위해, 독일 우체국에서는 지난 몇 년간 발행된 등대 우표들 열 장 정도와 그 우표들에 꼭 맞는 보관용품을 함께 판다. 바리오라고 부르는 물건인데, 종이에 비닐이 덧대어 있어 우표를 보관하면서 전시해 두고 볼 수 있다. 시리즈에 걸맞게 등대 사진이 들어가 디자인이 되어있다. 분명 이 바리오의 제작 단가가 우표의 액면가보다 비쌌을 것 같은데, 이 바리오 세트는 비싸지도 않았다. 우표 액면가만 내면 바리오를 받을 수 있으니 세트가 나올 때마다 구입했다. 등대 우표가 발행되기 시작한 초반부터 바리오도 같이 기획되었던 거 같다. 나는 일곱 번째 세트부터 열한 번째 세트까지 가지고 있다.

이 등대 우표를 보면 독일의 우표 가격 인상을 알 수 있다. 늘 두 종씩 나오는 이 우표는, 한 장은 국내 서장 (편지) 발송 요금, 하나는 국내 엽서 발송 요금으로 액면가가 정해져 있다. 수년 전 58센트이던 등대 우표는 2021년에는 80센트가 되었다. 이건 서장 발송 요금이다. 엽서 발송 요금은 60센트가 되었다.

또 재밌는 부분은, 우편 요금이 오르기 전에 서장 발송 요금이 60센트였던 시절, 그 금액에 맞춰 나왔던 옛날 우표들이 이제는 '엽서를 위한 매력적인 우표 세트 (Attraktive Marken für Ihre Postkarte)'에 포함되어 판매된다는 것이다. 내가 독일에 가기 전인 2014년에 나왔던 어린 왕자 우표를 무척 갖고 싶어했는데, 이 '매력적인' 세트를 사면서 그 안에 들어있는 이 60센트짜리 우표를 손에 넣을 수 있었다.

한국에서는 우체국에 도착하는 약간의 시간 차로 누군가는 우표를 구매하고 누군가는 허탕 치는 일이 비일비재했다. 독일에서는 그런 일이 없어 좋았다. 그 대신 사람들이 우체국 직원과 이런저런 이야기를 참 많이 한다는 게 한국인의 답답함을 자극했다.

당연하게도 우체국 직원과 대단한 이야기를 하는 것은 전혀 아니다. 소위 스몰토크라 하는 잡담이고, 날씨 이야기가 70% 정도를 차지한다. 독일 날씨는 할 이야기가 많기 때문에 날씨 이야기만 하면 시간이 곧잘 간다. 특히 이야기하는 사람이 냉소적인 독일인이라면 더더욱 시간이 잘 간다. 줄 서있는 뒷사람들이 거기에 항의하는 일도 없다. 한 달에 한 번 만나는 우체국 직원과 친밀함을 쌓는 것이 당연한 일일지도 모르지만 나는 그게 참 어려웠다.

"오늘도 날씨가 흐리죠."

"아, 그렇네요."

"내일은 날씨가 좋을까요?"

"글쎄요."

짧은 독일어로 친밀함을 쌓기가 참 어려웠다. 날씨

이야기를 유창하게 주고받는 할아버지들 뒤에서 '저 사람들은 모국어니까 저렇게 잘 이야기하는 거겠지. 나도 한국어로는 얼마든 잘 대화할 수 있어!'라고 몇 번을 생각했는지 모른다. 그래도 나중에는 나도 우체국 직원과 안면을 트고 대화하는 게 자연스러워졌다.

독일 생활 초기에 프랑크푸르트 중앙역 내의 작은 우편 창구에서 썩 좋지 않은 일을 겪었다. 그곳은 늘 사람들로 북적였다. 내게는 기차역이 기차를 타는 장소일 뿐이었지만, 많은 사람들이 우편물을 보내려고 봉투나 펜을 구매하고 있었다. 민영화된 독일 우체국에서는 택배 보낼 때 써야 하는 테이프나 칼, 가위, 볼펜 그 무엇도 무료로 제공되지 않아 필요하면 개인이 구입해서 이용해야 한다. 한국 우체국에는 늘 비치되어 있는 그 물건들을 독일 우체국에서는 사서 써야 한다는 사실을 그곳에서 처음 알았다.

그 점이 워낙 신기하게 느껴졌던 터라 열심히 구경을 했다. 7유로(약 만 원)짜리 박스테이프, 4유로(약 5,000원)짜리 볼펜, 3유로(약 4,000원)짜리 편지 봉투 열 장 묶음. 모두 다 1유로숍에서 싼 가격에 구입할 수 있는 물건들인데 우체국에서는 가격이 비쌌다. 일시적으로 조금 사용하고 말 물건들인데 가격이 너무 높게 책정되어 있는 게 아닌가 하는 의구심도 들었다. 신기함 반, 의구심 반으로 사진을 남기려고 했다.

여기저기 사진을 찍고 있는 내게 우체국 직원이 와서 우체국 내에서 사진을 찍으면 안 된다며 다 지우라고 하는 게 아닌가. 사람은 찍지 않았다며 해명해 보았지만, 우체국 내에서는 촬영이 금지되어 있다고 몇 번이고 강압적인 말투로 지우라고 했다. 결국 다 지우기는 했지만, 우체국 그 어디에도 촬영 금지라는 표시가 없었다. 그때의 기억은 내게 꽤 강렬하게 남았다. 나중에 독일어를 조금이라도 잘하게 되면 다른 직원에게 꼭 물어보기로 했다.

독일 생활에 익숙해지고 프랑크푸르트 중앙우체국에 매달 방문하게 되면서, 우체국 사람들과 안면을 익혀갔다. 2와 3도 구분하지 못했던 내 독일어도 조금씩 늘었다. 프랑크푸르트 중앙우체국 창구 직원도 늘 나를 배려해 천천히 말을 해주니, 나중엔 독일어 말하기 연습 상대로까지 여겨져서 이야기할 주제를 미리 준비해

가기까지 했다. 짧은 얘기를 나누고 나서 "한 달간 독일
어 공부 많이 했구나!"라는 칭찬을 꼭 덧붙여 주는 게
좋았다.

어느 날 그때까지 계속 안고 있던 의구심을 해소하
기 위해 독일에서는 우체국 내부 사진을 찍는 것이 금
지되어 있는지 물어봤다. 그랬더니 창구 아저씨가 얼마
든 찍으라면서 포즈를 취해줬다. 우표를 사려고 내 뒤
에 줄을 서있던 아저씨가 대화를 듣고는 우표를 구매하
는 연기까지 했다. 기차역 우편 창구에서의 경험과 워
낙 달라서 촬영에 대한 규정은 우체국마다 다른가 의아
했다.

이 글을 쓰면서 그 직원분의 이름을 언급해 보고 싶
었는데, 이름도 모른다. 분명 근무복에 이름이 새겨져
있었을 텐데 내가 이렇게나 무심했나 싶다. 통성명도
하지 못한 기념우표 창구 아저씨는 내가 세 번째로 방
문해서 또다시 100유로를 내밀었을 때, 독일 우체국에
서 발행한 15유로짜리 기념우표 책자를 선물로 주었다.
농담도 한마디 덧붙이면서.

"우수 고객이라 주는 거예요."

독일에는 그 어디에도 공짜가 존재하지 않는다고들 한다. 그런데 독일 거주 3개월 차에 공짜로 무언가를 받은 것이다.

선물을 받았으면 보답을 해야 하는 법이니 한국에서 가져온 우표를 살펴보았다. 마침 내게 2009년 나왔던 한복 우표 소형 시트가 있어 다음 날 우체국에 들러서 선물로 드렸다.

비싸 보이니 받으면 안 된다고 거절하는 아저씨에게 한국은 우체국이 국가 기관이라 우편 요금이 굉장히 저렴하며, 이 소형 시트도 정말 저렴하다고 설명해야 했다. 실제로 그 시트는 1,000원짜리였다. 우표 네 장에 1유로도 안 한다는 사실이, 우표가 비싼 독일에서는 받아들이기 힘들었는지도 모르겠다.

"원래 이런 거 받으면 안 되지만 너무 예뻐서 받지 않을 수가 없네요. 근데 오늘이 처음으로 100유로를 꺼내지 않은 날이에요."

매달 있는 우체국 방문은 사람을 만나는 시간이었다. 가끔 불쾌한 일도 있었지만 친해진 직원 분들 덕에 독일 우체국은 내게 좋은 기억으로 남았다. 사람과 사람을 연결해 주는 우표는 우체국 직원과 나도 연결해 주었다.

아직도 독일을 생각하면 프랑크푸르트 중앙우체국의 아저씨가 생각난다. 언젠가 독일에 돌아가면 우체국에 가서 "오랜만이에요! 잘 지내셨어요?"라고 외쳐야지.

편지로 전하는 감사한 마음

포스트크로싱 사이트를 통해 엽서를 주고받다 보면 여러 엽서를 받게 된다. 모든 엽서가 정성스럽게 쓰여 오는 것은 아니다. 내용을 복사 붙여넣기 해서 인쇄한 엽서나 광고 엽서를 받다 보면 회의감이 든다. 나는 엽서에 우표에 날짜도장까지 굉장히 신경 써서 보내는데 내가 이렇게까지 해야 할까? 그냥 관둘까? 그럴 때는 아는 사람들과의 펜팔로 그 기분을 치료한다.

　독일로 출국할 때, 무시무시하게 짐이 많았다. 줄이고 줄여도 줄여지지 않는 맥시멀리스트의 한계였다. 좋아하는 러시아 홍차 티백까지 따로 바리바리 싸왔을 정도였다. 공항 리무진 안에서야 독일에 대해 찾아보다가 독일에서 러시아 홍차를 저렴하게 살 수 있다는 사실을 알았다. 내 소중한 작은 짐은 문자 그대로 '짐'이 되었다.

경남에서 인천공항까지 운행되는 리무진은 하루에 네 번이라, 비행기 시간에 맞춰서 갈 수는 없었다. 일찍 공항에 도착하니, 체크인까지는 반나절이 넘는 시간이 남았다. 반나절의 시간이 길게 느껴질 수도 있지만, 나는 어디에서 시간이 비든 글씨 쓸 수 있는 작은 탁자만 있으면 그 공백을 잘 메워나갈 수 있다. 주변 지인들에게 편지를 쓰면 시간이 참 잘 간다.

이번에도 마찬가지로 적당히 다섯 명 정도에게 엽서를 쓰고 체크인하기로 했다. 그런데 문득 블라디보스토크 여행에서 귀하게 모셔온 러시아 홍차 티백도 같이 보내면 되겠다는 생각이 들었다. 가벼운 9그램짜리 엽서 다섯 장이, 25그램짜리 우편물 수십 장이 되는 순간이었다. 애초에 인천공항에서 관광인을 찍어서 보내주기로 약속한 사람들이 있었는데, 티백을 털어내려면 그 사람들 외에도 우편을 보낼 주소가 더 필요했다.

잊고 있던 '여행엽서계'가 생각났다. 여행을 갈 때마다 멤버들에게 관광지에서 예쁜 엽서를 보내주는 모임이었다. 만약 여행을 가지 않는다면 근처 문구점에서 산 엽서를 보내는 게 규칙이라 근래 계속 문구점 엽서만 보내고 있었다. 인천공항이 여행지는 아니었지만, 나는 인천공항의 관광인이 찍힌 우편 봉투를 여행엽서계의 멤버들에게 보내기로 했다.

편지를 따로따로 정성스럽게 쓸 시간까지는 되지 않아서 비슷한 내용으로 편지 열여섯 통을 채웠다.

갑작스럽게 독일로 가게 되었어요.

인천공항의 관광인 정말 예쁘지 않나요?

꼭 보여드리고 싶어서 공항에 도착해서 이렇게 남는

시간에 편지를 씁니다. 동봉한 건 러시아에서 사온

티백인데 아끼고 아끼다 결국 마시지 못하고 떠납니다.

대신 즐겨주세요. 독일 주소로 다시 연락드리겠습니다.

같은 편지를 반복해서 쓰는 내내 '나는 왜 이렇게 항상 일을 벌일까.'라는 생각이 머릿속을 떠나지 않았다.

하지만 인천공항의 풍경을 담은 관광인을 한 명이라도
더 많은 사람과 공유하고 싶었다. 여유로워야 할 인천
공항에서의 출국 전 반나절은 편지 쓰기 전투가 됐다.
'반나절 동안 시간이 안 가면 어쩌지.'라는 생각은 기우
였다.

시간이 얼마나 빠르게 흘렀던지 우체통에 편지들을
넣을 시간도 없었다. 출국 두 시간 전에 체크인을 마쳐
야 하는데, 직전까지 편지를 쓰고 봉하고 있었다. 인천
공항 우체통은 공항 건물 바깥에 있는데, 그 넓은 인천
공항을 가로질러 나갔다 오려니 시간이 너무 빠듯했다.
결국 체크인 카운터의 항공사 직원분께 대신 넣어주십
사 부탁했다.

일주일 뒤에 편지를 받았다는 연락을 받았다. 그때
그 항공사 직원분께 어떻게든 감사 인사를 전해야 했는
데, 정신이 없어 미처 하지 못했다. 이제라도 그때 정말
감사했다는 말을 전하고 싶다. 어떻게든 연이 닿아서
그분이 꼭 읽어주신다면 정말 기쁘겠다.

인공눈 님은 포스트크로싱 코리아 네이버 카페에서

168

알게 되어 4년 정도 편지를 주고받은 펜팔 친구다. 각각 부산과 창원에 살고 있어서 만나려면 언제든 만날 수 있었지만, 둘 중 어느 누구도 먼저 만나자는 얘길 하지 않았다. 그렇게 편지만 주고받은 지 5년이 되던 무렵, 내가 갑자기 독일로 떠나게 되었다.

독일에서 편지를 보낼 때마다 티백을 함께 보냈다. 독일은 감기에 걸리면 약을 먹는 대신 감기차를 마시는 나라였고, 나는 그런 독일의 약차 문화에 굉장히 심취했다. 감기차부터 시작해서 배탈차, 두통차, 체지방 분해차, 스트레스 해소차까지 서른 가지가 넘는 차를 인공눈 님께 보냈다. 약차로도 모자라 저렴하고 맛있는 독일 초콜릿도 함께 보냈다.

인공눈 님은 내게 한국의 다양한 문구류와 엽서를 보냈다. 독일 엽서는 비싸고 촌스럽기로 유명하다. 인공눈 님에게 받은 저렴하고 세련된 디자인의 한국 엽서들이 그때 포스트크로싱 활동에 얼마나 도움이 됐는지 모른다.

서로 주고받은 많고 많은 우편물 중 가장 기억나는 것들이 있다. 앞에서 이야기했듯이 독일에서 만년필은 흔히 쓰이는 필기구지만, 한글을 쓰기에는 적합하지 않다. 인공눈 님이 그때 만년필을 보내주셨는데, 나중에 이야기하니 인공눈 님은 자신이 보낸 걸 전혀 기억하지 못하고 있었다. 인공눈 님 말로는 나는 무슨 초콜릿 세트를 보냈었다는데 나 역시 전혀 기억이 나지 않는다. 가격을 맞춰서 보답으로 보냈던 걸까? 선물은 준 사람은 기억을 하지 못하는 법인가 보다. 이 이야기를 하면서 서로 한참을 웃었다.

우편으로 서로 교류를 하던 중 인공눈 님이 2019년 여름에 독일로 여행을 오기로 했다는 소식을 전해왔다. 같이 여행을 하자는 제안을 사양할 이유가 전혀 없었다. 그렇게 보름간의 독일 여행을 얼굴 한 번 본 적 없는 펜팔 친구와 함께 하게 되었다. 혹시 걱정할 일이 생길까 하여 여행 출발 전에 각자의 보호자 연락처와 독일에서 일이 생겼을 때 도와줄 수 있는 친한 언니의 연락처까지 교환했다.

첫 만남이었다. 하지만 수년 동안 편지로 이런저런 이야기를 많이 했던 탓인지 어색함은 없었다. 오래 알고 지냈던 친구를 다시 만난 느낌이었다. 둘 다 우표며 엽서, 문구류를 좋아하다 보니 일정 맞추기도 수월했다. 우체국에 들러서 우표를 사는 것은 당연했고, 길 가다 보이는 온갖 엽서 가게에 다 들어갔으며, 독일의 유명한 문구류들을 다 써보았다. 인공눈 님은 여태 내가 편지와 함께 보냈던 약차들을 종류별로 다 샀고, 독일에서 유명하다는 온갖 것들을 전부 구입했다.

우리는 프랑크푸르트에서 4일, 베를린에서 8일을 지냈다. 여행 중간에 하루는 내가 중요한 시험이 있어서 학교에 다녀와야 했다. 내가 없는 그 하루 동안 인공눈 님은 로텐부르크 당일치기 투어에 참여했다.

로텐부르크는 정말 예쁜 소도시인데, 마침 그 도시의 파노라마 전경을 담은 우표를 내가 가지고 있었다. 푸른 하늘 아래 초록빛 나무들 사이로 옹기종기 모인 빨간 지붕들이 보이는 전원적인 풍경이다. 이 우표를 붙이고 도시의 날짜도장을 찍으면 얼마나 더 좋은 엽서가 되겠느냐며 투어를 가기 전 인공눈 님에게 선물로 드렸다. 인공눈 님은 내 말에 격하게 공감했는데, 아마 이 말에 이렇게 공감해 줄 사람은 몇 없을 것이다. 언제나 받을 수 있는 공감이 아니기에 더 소중했다.

그때 인공눈 님에게 드린 우표는 '아름다운 독일' 파노라마 시리즈 중 하나였다. 이 시리즈는 가로로 연결된 두 장의 우표에 독일의 풍경 사진을 길게 담는다. 매년 다른 도시의 풍경을 담는데, 드레스덴, 킴제호, 로텐부르크 등이 나왔다.

내가 처음 구한 이 시리즈 우표는 2014년에 발행된 드레스덴 우표였다. 노을 가득한 해질 무렵의 하늘과 드레스덴 미술대학의 불빛이 엘베강에 반사되는 멋진 야경이 담겨있다. 이 우표가 나온 건 2014년, 내가 독일에 도착한 것은 2016년이라 구하는데 정말 애를 먹었고 전지는 결국 구하지 못했다.

이후 '아름다운 독일' 시리즈는 나올 때마다 모두 전지로 여러 장 구입해 아끼지 않고 보냈다. 독일에 사는 동안에는 사람들에게 독일 거주자로서 독일의 예쁜 풍경과 우표를 보여주고 싶었다. 인공눈 님은 로텐부르크의 아름다운 풍경을 두 눈으로 직접, 우표와 함께 볼 수 있었을 것이다.

인공눈 님과 함께하는 여행 내내 우리는 어디에서건 틈틈이 시간이 날 때마다 각자 엽서를 써댔고 우체통을 보면 엽서를 어김없이 넣고 또 넣었다. 취미가 같은 사람과 여행하는 즐거움을 만끽했다. 매일 엽서를 쓰고 피곤에 곯아떨어지며 지내다 보니 보름이 지나 마지막 날이 되었다. 우리는 한국에서 다시 만나자며 인사를 나눴다.

3개월이 지난 후 치과 치료를 받기 위해 한국에 온 나를 그가 김해공항에서 맞아주었다. 예정에 없었던 한국행이었다. 우리가 같이 여행한 후 이렇게 금방 다시 보게 될 줄은 몰랐다. 내 캐리어는 그에게 줄 리터스포트 초콜릿으로 가득했고, 그는 한국 돈이 전혀 없던 나를 위해 차비를 내주었다. 편지를 쓸 때마다 감사해야 할 인연은 늘어만 간다.

덕질은 한자리에서
함께할수록 즐거워지는 법

나라별로 인터넷 공간에서 자주 모이는 곳이 다 다르겠지만, 독일 사람들은 공식적인 루트를 참 좋아하는 듯하다. 한국의 포스트크로서들은 네이버 카페에 모이지만, 독일의 포스트크로서들은 포스트크로싱 공식 사이트에서 제공하는 포럼이라는 사이트에서 모여서 이야기를 나눈다. 한국인의 입장에서 보자면 사용하기 참 불편해 보이는 촌스러운 UI의 사이트인데 독일 사람들은 당연하다는 듯이 그곳을 이용한다.

나는 포럼을 가끔씩 구경만 해왔기 때문에, 독일 헤

센주 프랑크푸르트 중앙우편물센터에서 밋업이 열린다는 글을 한참이 지나서야 보게 되었다. 이 우편물센터는 프랑크푸르트 공항으로 들어오는 모든 국제 우편물이 처음으로 통과하는 곳이다. 당연하게도 비관계자가 마음대로 드나들 수 없는 곳이다.

뒤늦게 발견한 글을 제대로 살펴보니 굉장히 특이한 이 행사는 2017년 6월 23일 공항 내부에서 진행한다고 했다. 독일 우정청과 이야기해 행사가 확정되었고, 서른 명 정도의 인원으로 진행할 예정이니 비행기를 배경으로 사진은 찍고 싶은 사람을 선착순으로 받겠다고 했다.

밋업(Meet-Up)이라는 말은 다양한 분야에서 조금씩 다른 의미로 쓰인다. 'meet'이라는 영어 단어 그대로 만난다는 뜻을 기본으로 의미가 조금씩 확장된다. 메리엄 웹스터 사전에서 밋업에 관한 재밌는 설명을 찾았다. 대면 만남은 대면 만남인데 "다른 사람과 의사소통하기 위해 자주 휴대 전화를 사용하는 사람들"이 마련하는 대면 만남이라는 것이었다. 포스트크로싱에서 말하는 밋업도 이 의미에 꼭 들어맞는다. 한 번도 본 적 없고, 서로 실명도 아마 모를 포스트크로서들의 일회성 만남이 밋업이다. 한국식으로 말하자면 '정모'인 셈이다.

글을 발견한 게 1월, 행사까지 다섯 달이나 남은 시기였는데 이미 신청은 마감되어 있었다. 미리미리 준비하는 독일 특성상 반년 전부터 준비하고 공지하고 예약한 것이다. 이대로 물러나기에는 아쉬워서 한 달을 계속 살펴보며 기다려 취소된 자리에 들어갔다.

참여 인원을 확정하고 보름이 지나 엽서를 몇 장 구매할 것인지 묻는 메일이 도착했다. 포스트크로싱 밋업의 특이점은 엽서를 만든다는 것이다. 보통 포스트크로싱 로고와 밋업 날짜가 적힌, 밋업 장소와 관련된 디자인의 엽서를 제작해 참여자들 모두가 공구한다. 어떤 사람들은 이런 밋업 엽서를 수집한다. 이번에 만든 밋업 엽서는 파란 배경에 비행기와 편지 봉투가 겹쳐진 일러스트가 그려져 있었다.

엽서에는 자신의 개인적인 이야기를 적어 보내기 마련이지만 밋업 엽서는 좀 경우가 다르다. 편지를 쓰는 대신 사인을 하고 도장을 찍는다. 그 밋업에 모인 사람들의 서명이다. 우리가 이날 여기 이렇게 모였음을 드러내는 증거다.

다른 말은 굳이 쓰지 않아도 괜찮다. 쓰더라도 "우리 어디에서 몇 명이 모였어! 좋은 하루 보내!" 정도의 짧은 인사만 적는다. 별다른 내용이 적혀있지 않아도 거기 찍히고 쓰인 서명들이 그날의 이야기를 담는다. 손으로 수백 장의 엽서에 사인하기가 힘들다 보니 밋업 서명을 위해 도장을 따로 만드는 일도 흔하다. 도장도 디자인에 따라 사람들 각자의 개성이 드러나 구경하는 재미가 있다.

나는 고민하다 소박하게 열다섯 장만 구매했다. 어차피 거기 모인 사람들이 산 모든 엽서에 서명을 해야 하니, 각자 열 장씩만 샀다 해도 300장은 넘는 엽서에 서명을 할 것이다.

나는 이미 그 당시 살던 집 근처 관광도시인 하이델베르크에서 진행된 소규모 밋업에 참여해 본 경험이 있었다. 딱 여섯 명만 참석한 모임이었는데도 100장이 넘는 엽서에 서명을 해야 했다. 그때 얼마나 힘들었는지 모른다. 그런데 이번에는 참가자가 서른 명이니 서명해야 할 엽서도 다섯 배 정도 되지 않을까. 손으로 하나하나 사인하기는 아무래도 무리 같아 도장을 챙기기로 했다.

밋업 장소에 서른 명의 참석자들과 독일 우정청 관계자들 대여섯이 모였다. 이 밋업 앞에는 뜬금없이 '인터내셔널(international)'이라는 형용사가 붙었다. 참석자는 대부분 독일인이었지만 몇몇 유럽인들과 나의 참여로 국제적인 모임이 된 것이다.

공항 안쪽에서 진행되는 행사인지라 보안이 중요했다. 공항 보안 문제로 미리 신원 조회를 해야 해서 한 달 전부터는 취소 인원이 생겨도 신청자를 받지 않았고, 신분증을 가져가 입장할 때 제출했다. 독일 신분증이 없어 여권을 내고 들어갔다.

세미나실 같은 공간에 테이블과 의자가 다소 자유롭게 놓여있었다. 음료가 준비되어 있었고, 테이블 건너 통유리창 너머로 비행기도 여러 대 보였다. 서로 아는 사이인지 인사를 하며 비행기를 배경으로 사진을 찍는 사람들도 있었다. 외국인인 나는 아무도 아는 사람이 없어 혼자 뻘쭘하게 있어야 할 거라고 생각했는데, 놀랍게도 그 전에 참여했던 작은 밋업에서 만났던 한 독일인이 나를 기억해 주었다. 나는 사람을 잘 기억하지 못해서 못 알아보고 지나칠 뻔했다.

본격적으로 모임을 시작하기 전, 독일 우체국 관계자들이 나와 독일 우체국의 최우수 고객인 우리에게 독일의 우편 서비스가 얼마나 우수한지를 간단히 설명했다. 모든 것이 다 느린 독일이지만 우편 속도만큼은 상대적으로 더 빠르다는 것을 느끼고 있었기에 격한 동의를 표할 수밖에 없었다. 유럽 다른 나라에서 독일로 보낸 편지들은 참 늦게 도착했지만, 독일에서 유럽의 다른 나라로 보낸 우편물은 훨씬 빨리 도착하고는 했다.

준비된 자리에 앉아 다과를 먹고 마시며 서명을 하기 시작했다. 밋업에 자주 참가하던 사람들인지 준비물들을 꺼내는 모습이 능숙했다. 빨리 마르는 것으로 유명한, 다소 비싼 잉크패드가 곳곳에 등장했고, 개인 도장도 많이 보였다.

나도 내 도장을 꺼냈더니 주위에서 관심을 가졌다. 그때 챙긴 도장은 이름을 한자로 적은 만년 도장이었는데, 사람들이 한자가 그림 같다며 신기해해 인기 도장이 되어버렸다. 정신없이 도장을 찍다 보면 찍은 줄 알고 넘어가기도 하고, 내 엽서에 서른 명 모두의 서명이 되어있는지 확인하기도 어려운데, 한자라는 개성 때문

포스트크로싱 밋업에서는
엽서에 서명을 하고
옆 사람에게 넘기느라 바쁘다.

에 다들 내 도장이 찍혀있는지 없는지를 쉽게 알아챘다. "네 도장 여기 안 찍혔어."라며 찍어달라는 사람들 덕에 정말로 많은 엽서에 도장을 찍었다. 나는 한자가 아닌 한글 도장을 가져갔으면 더 좋았을 거라는 생각이 자꾸 들었지만.

밋업에서 사람들은 빙 둘러 앉아서 자신의 앞에 있는 엽서에 서명을 하고, 서명을 완료한 엽서는 옆 사람에게 넘긴다. 내가 구매했던 엽서는 모두의 손을 한 번씩 거친 뒤에 서명으로 가득해져서 내게 돌아온다. 각자의 엽서가 섞이지 않도록 자기 엽서에 자신이 알아볼 수 있는 표식을 해두기도 한다. 몇몇 밋업 참여자들은 모임이 끝나자마자 바로 발송하려고 엽서에 받을 사람의 주소와 우표를 다 붙여서 준비해 왔는데, 밋업 경험이 많지 않았던 나는 그런 준비를 할 생각을 미처 하지 못했다.

엽서들을 돌리다 보면 열몇 장씩 뭉치로 옆 사람에게 넘기게 된다. 참여 인원이 서른 명이나 되다 보니 정신이 없어 어떤 엽서 뭉치들은 서명을 하지 않았는데도 한 줄 알고 넘겨버리는 경우도 생겼다. 그래서 밋업 주최자는 내가 이 엽서 꾸러미에 흔적을 남겼는지 아닌지를 빠르게 확인할 방법도 준비해 왔다. 서른 명의 닉네임이 알파벳 순에 따라 적힌 작은 종이들을 엽서 뭉치와 함께 돌려서 그 엽서들에 서명을 했는지 체크하도록 한 것이다.

도장을 찍으면서 이야기를 나누었다. 처음엔 여유롭게 여느 스몰토크처럼 한국에서 왜 독일까지 왔는지, 뭘하며 지내는지, 포스트크로싱은 얼마나 하는지 등등 사소한 이야기를 했다. 다들 부산스럽고 떠들썩하게 대화하며 서명을 해갔지만, 두 시간이 넘어가니 점차 조용해졌다. 한자리에 앉아 서명을 하는 건 은근히 집중력과 체력을 잡아먹는 일이었고, 마지막에는 시간이 모자라 마음이 초조해져서 서명에만 집중할 수밖에 없었다.

행사는 세 시간가량 진행됐는데 나는 결국 모든 엽서에 서명을 하는 것에 실패했다. 시간이 조금 더 있었다면 전부 다 서명할 수 있었을까? 어떤 사람은 분명 모든 엽서에 서명을 하고 여유롭게 쉬고 있었는데, 겨우 두 번째로 밋업에 참가했던 어리버리한 나에겐 좀 빠듯했던 모양이다.

그렇게 서명한 수백 장의 엽서들은 행사가 끝나자마자 바로 발송되었다. 보통은 엽서를 동네 우체통에 넣을 텐데, 장소가 중앙우편물센터였던 터라 바로 분류함으로 들어갔다. 그날 그곳에서는 세계에서 온, 다른 나라로 갈 수백만 통의 우편물들이 오가고 있었다. 그 우편물들을 분류하는 기계가 운동장만 한 공간을 차지하고 있는 모습은 쉽게 볼 수 없는 진풍경이었다.

웃음과 행복을 담아 우리가 서명한 수백 장의 엽서는 그 사이로 사라졌다.

저는 이 나라의 우표를 사고 싶은
여행객인데요

버스를 타고 외국에 갈 수 있다니, 외국에 나가려면 늘 비행기를 타야 하는 한국에서 살다 유럽에 왔더니 그 사실이 무척 신기했다. 심지어 내가 사는 도시는 국경과 가까이 있어 두 시간이면 다른 나라에 갈 수 있었다. 독일에 사는 동안 유럽 곳곳을 돌아다녔다. 당연히 유럽 곳곳의 우체국을 방문하게 되었다.

내가 우표를 구입해 본 나라는 몇 없다면 없고 다양하다면 다양한 편이다. 방문한 거의 모든 나라에서 우표를 사서 엽서를 부치겠다며 우체국을 찾아다녔다. 독일이야 방문했던 도시별로 문이 닳도록 가봤고, 러시아, 일본, 프랑스, 체코에서도 우체국을 갔다. 아쉽게도 스페인에서는 우체국을 찾을 수 없었다. 우체국을 쉽게 찾아도 우표를 구매하는 건 또 다른 문제였다. 한국 우체국처럼 선납 바코드 라벨만 취급하는 곳이 대부분이었던 데다, 우표 판매처를 찾아도 그 나라 언어를 모르니 원하는 걸 고르기가 힘들었다.

우표 찾기가 가장 힘들었던 나라는 스페인이었다. 여행 틈틈이 쓴 엽서들에 우표만 붙여서 보내면 되는데, 길에서 우체국을 못 찾은 것이다. 이 엽서들을 그냥 독일로 들고 가야 하나 고민하던 중에 우표를 같이 판다고 적혀있는 엽서 판매처를 발견했다. 그 가게에서는 취급 수수료도 포함해 우표를 액면가보다 비싸게 팔았다. 그건 이해할 만했다. 하지만 그보다 더 큰 문제가 있었는데….

"안녕하세요. 우표 주세요."

"엽서와 세트로만 팔아요. 우표가 필요하면 엽서를 사세요."

이미 지나다니면서 엽서를 샀고 다 썼는데, 엽서를

또 사야 한다니 순 억지였다. 하지만 급한 건 나였다. 그 엽서를 독일로 들고 갈 수는 없었기에 또 샀다. 그리고 또 썼다.

그때 구입했던 스페인 우표는 누가 봐도 당황스럽게 생겼었다. 보통 쪼리나 플립플랍이라고 부르는 끈 달린 슬리퍼 그림이었다. 슬리퍼는 노란색이고, 끈은 파란 색이다. 아래쪽으로는 바다로 추정되는 파란색이 슬리퍼 절반을 물들이고 있다. 바다는 세 구역으로 나뉘어 다른 색이 칠해져 있고, 그 바로 위로 갈색과 연노란색이 모래처럼 두 층으로 칠해져 있다. 왼쪽 하단에는 'TURISMO'라고 적혀있었다. 관광이라는 의미의 스페인어라고 한다.

설명만 보면 평범한 우표 같긴 하지만, 이 우표를 본 나는 꽤나 당황했다. 다른 어떤 나라에서도 이런 우표를 본 적이 없었다. 문제는 색 조합이 촌스럽다는 거였다. 많은 사람들이 이 슬리퍼를 신고 바닷가를 거닐 테니 이보다 더 스페인스러운 디자인은 없겠다 싶긴 한데, 마음에 차지는 않았다.

어쨌든 엽서와 우표를 샀으니 이제 부칠 일이 남았는

데, 우체통도 쉽게 보이지 않았다. 여행 중간에 겨우겨우 찾은 우체통으로 먼저 썼던 엽서들은 보냈지만, 바르셀로나에서 쓴 엽서는 결국 보내지 못했다. 슬리퍼가 그려진 우표는 여권 수첩 안에 들어간 채로 한국까지 왔다.

체코에서는 우체국을 찾기 쉬웠다. 프라하 중앙역에서 번화가로 가는 아주 좋은 길목에 우체국이 있었고, 그 우체국은 창구만 열 개가 넘었으며, 기념우표 판매 창구까지 있는 최고의 우체국이었다. 아마 프라하 시내에서 가장 큰 우체국이 아니었을까.

어찌나 큰 우체국이었던지 원하는 우표를 실컷 고를 수 있었다. 마음이 뿌듯해졌다. 세 사람이 서로에게 엽서를 쓰고 보내고 받는 모습이 귀엽게 그려져 있는 체코의 포스트크로싱 우표도 이곳에서 구입했다.

체코 우표에서 특이한 점이 하나 있다면, 금액이 표기되어 있지 않은 우표가 있다는 것이다. 그 우표들에는 금액 대신 A, B, E, Z라는 알파벳이 적혀있다. 각각 국내 50그램까지의 편지, 국내 50그램까지의 편지(저렴한 배송 모드), 유럽 내 50그램까지의 편지, 유럽 외 50그램까지의 편지를 보내는 요금의 우표라는 뜻이다.

한국에도 간혹 이렇게 숫자 대신 글자가 적힌 우표가 있다. '영원'이라고 적혀있는 이 영원우표는 국내에서 25그램 이하 규격봉투를 일반우편으로 보내는 금액을 지불하는 우표다. 우편요금이 오르면 오르는 대로 그 금액에 해당하게 되는데, 지금은 430원이다. A, B, E, Z 우표는 말하자면 체코의 영원우표다.

지금 A는 28코루나(약 1,600원), B는 21코루나(약 1,200원), E는 39코루나(약 2,300원), Z는 45코루나(약 2,600원)이다. 다른 나라의 기본 편지 무게는 20그램인데 체코는 50그램까지 기본으로 잡고 우편 요금을 더 비싸게 받았다. 게다가 엽서 요금도 따로 없었다. 체코에서 한국으로 엽서 한 장을 보내려면 2,600원을 내야 하는 셈이다. 한국에서 외국으로 보내는 엽서는 모두 430원이니, 대여섯 배는 더 비싸다. 하지만 비싸도 어쩌겠어. 이미 쓴 엽서는 보내야지.

프라하에서는 이곳 외에도 기념우표를 취급하는 다른 우체국을 우연히 방문할 수 있었다. 바로 프라하성

내부에 위치한 우체국이었다. 관광객이 가장 많이 찾는 장소이다 보니 그곳에 작은 우편취급국을 만들어둔 것 같았다.

나뿐만 아니라 정말 많은 관광객들이 체코 우표를 구입하고 있었다. 우표는 문화와 역사를 담는 기록화다. 여행에 부담이 안 갈 만큼 부피도 작고, 어느 모로 보나 예쁘고, 방문한 나라의 주요 문화재도 담겨있고, 가격도 그리 비싸지 않다. 그러니 여행자에게 우표만큼 좋은 기념품은 더 없다.

가장 인기 있는 것은 역시나 알폰스 무하 우표였다. 성 비투스 대성당을 구경하러 온 사람들이면 그곳의 스테인드글라스를 보러 온 것일 테고, 그들은 모두 알폰스 무하를 알 것이다. 알폰스 무하의 〈황도 12궁〉 우표라니! 기념품으로 딱 제격이었다.

그 우표는 같은 우표가 여섯 장 들어있는 미니 우표첩 형식으로 팔고 있었다. 가격마저 가장 고액권으로 발행되어 한 세트를 사려니 대략 15,000원이 들었다. 딱 나 같은 관광객을 노린 게 아닐까 싶은 모양새였다. 다른 우표들보다 비쌌지만 어차피 사용할 것이 아니기에 상관없었다. 두 세트를 살까 하는 욕심이 조금 들었지만 꾹 참았다. 쓰지도 않을 건데 두 세트나 필요하지 않잖아. 한 세트만 사서 소장하자. 같은 모양으로 여섯 개가 한 세트니까 한 세트만 사는 게 나을 거야.

중고 사이트를 찾아보니 이 우표는 현재 40달러, 대략 5만 원에 거래되고 있다. 무하의 힘인지 가격이 배로 뛰었다. 2010년에 발행된 우표가 2019년 봄까지 남아 있어서 내 손에 들어온 것이 얼마나 천운이었는지.

한번은 프랑스 스트라스부르에 갔다. 독일 만하임에 살던 때였는데, 특가로 버스를 탈 수 있었다. 프랑크푸르트에서 출발해 독일의 네 도시를 지나고, 프랑스 스트라스부르와 콜마를 거쳐, 스위스 바젤을 지나 취리히까지 가는 국제 장거리 노선이었다. 프랑크푸르트부터 취리히까지는 버스로 대략 아홉 시간 정도 걸린다.

만하임 버스터미널에서 아홉 시에 버스를 탔는데 스트라스부르에 도착하니 오전 열한 시였다. 분명 프랑스라고 해서 내렸는데 이제까지 본 독일 풍경과 달라 보이지 않았다. 계속 독일에 있는 느낌이었다.

스트라스부르는 독일의 국경 도시 켈과 강 하나를 사이에 두고 있다. 켈과 스트라부르를 잇는 트램이 오가고 있었는데 새것처럼 반짝거리는 트램은 오래된 마을에서 참 이질적이었다. 2017년에 개통된 트램이라 하니 새것이 맞기는 했다.

스트라스부르는 유럽 교통의 허브로도 유명하다. 프랑스와 독일이 이 땅을 두고 오랜 기간 다투었다고 한다. 1681년 프랑스 왕국에 복속된 후로 다시 독일 제국의 지배를 받았다가, 1919년 제1차 세계대전 이후 프랑스 제3공화국으로 귀속되었다. 제2차 세계대전 중이던 1940~1944년에는 나치 독일에 합병되었다가, 제2차 세계대전이 끝난 1945년에 다시 프랑스 제4공화국으로 되돌아갔다.

역사를 보면 이곳이 독일처럼 느껴졌던 게 당연할지도 모르겠다. 도시 곳곳에서 독일의 건축 양식을 볼 수 있었고, 심지어 주민들도 독일어를 잘했다. 독일어를 공부하고 있다는 내 말에 말 상대를 해줄 정도였다.

이 특별한 도시에서, 나는 역시나 제일 먼저 우체국을 찾아 나섰다. 마침 우체국은 이 도시에서 가장 유명한 관광지인 스트라스부르 노트르담 대성당 바로 옆에 위치해 있었다. 버스에서 내려서 대성당 방향 쪽으로 걷다 보면 즐비한 상점들이 보인다. 대성당의 꼭대기가 보일 때 즈음 한 골목을 잡아서 성당 쪽으로 언덕을 올라갔다. 성당이 정면으로 보이는 길을 따라 가다 보니 왼쪽으로 비스킷과 초콜릿 과자 가게들이 있었다. 관광지답게 하나 먹어보라며 길에서 붙잡고 권하는데, 먹고 나면 사지 않을 수 없는 맛이라 하나씩 샀다. 그때 그 과자 맛이 떠올라 구글에서 다시 찾아보니 내가 갔던 가게는 폐업을 했다고 한다. 갈 수 있을 때 더 많이 가봤어야 했는데 아쉽다.

대성당이 있는 길 끝에 도착했다. 도무지 한 컷에 들어오지 않는 대성당을 어떻게든 잘 찍어보려 노력하는 사람들을 보니, 나도 사진을 찍고 싶었다. 이리저리 구도를 바꿔가면서 애써보다가 나도 별 수 없다는 것을 깨달았다. 워낙에 뾰족한 첨탑들이 많다 보니 한 컷에는 다 들어오지 않았다. 사진 찍기를 포기하고 오른쪽으로 시선을 돌리니 'La Poste'라고 써진 프랑스 우체국이 보였다.

프랑스 우표에는 막연한 기대가 있었다. 프랑스에 발을 딛기도 전인 2014년, 프랑스의 한 우표를 인터넷에서 우연히 봤다. 우표 박람회를 기념해서 나온 화려한 우표를 보자마자 이건 어떻게든 구해야 한다는 생각에 사로잡혔다. 고민하다가 당시 프랑스에 살고 있던 지인에게 조심스레 부탁해 구할 수 있었다.

이 우표 시트는 척 봐도 화려하고 장식적이다. 상단에 적힌 'Le Salon de timbre 2014(우표 박람회 2014)'의 멋드러진 글씨체를 보니 중세 채식필사본 같기도 하고, 하얀 배경에 푸른 선으로 오밀조밀하게 그려진 그림들은 어찌 보면 청화백자 같기도 하다. 변지 부분에 가득한 꽃과 구불구불한 덩굴에서는 아르누보 장식이 떠오른다. 가득한 꽃 장식 사이로는 사람들이 우표를 보면서 이야기하거나 걸어가고 있다. 동그란 꽃은 금박에, 형압이 들어가 볼록볼록 튀어나와 있기까지 하다. 금으로 된 꽃이 실제로 있기라도 한 듯했다.

사실 변지를 빼고 우표만 보면 특별하진 않다. 이 우표 세트에는 우표가 네 장 들어있고, 세 장은 평범한 네모, 하나는 아치형이다. 성당의 스테인드글라스를 연상

시키는 길쭉한 아치 우표에는 세인트 루이스라는 기독교 성인이 그려져 있다. 다른 세 장의 그림은 중세 시대의 전투의 한 장면씩을 그린 기록화다. 각각 1212년의 투르누엘 공방전, 1213년의 뮈레 전투, 1214년의 부빈 전투라고 한다. 중세 스타일의 전투 그림을 모던한 느낌으로 다시 그렸다.

우표 자체는 다른 특별한 점 없이 평범한 일러스트이긴 했지만, 변지의 장식적인 무늬들과 훌륭한 조화를 이루고 있었다. 어떻게 이 시트를 탐내지 않을 수 있을까?

그리고 이 우표의 실물을 받아든 나는 프랑스 우표에 대한 환상을 가지게 되었다. 역시 예술의 나라 프랑스야! 물론 프랑스 우표는 나를 실망시키지 않았다. 심지어 일반우표를 보고 신뢰는 더 굳건해졌다.

프랑스의 일반우표는 금액에 관련없이 모두 같은 디자인을 하고 있다. 액면가에 따라 달라지는 것은 색깔뿐이다. 프랑스 일반우표에는 결의에 찬 모습으로 앞을 바라보는 여성의 옆모습이 펜 선으로 그려져 있어 꽤나 빈티지한 느낌을 전해준다. 마리안이라는 이 여성은 프랑스 대혁명 시대 만들어진, 자유, 평등, 박애를 인격

화·형상화한 여신이다. 프랑스 혁명을 그린 외젠 들라크루아의 〈민중을 이끄는 자유의 여신〉에서 삼색기를 들고 나아가는 여성이 바로 마리안이고, 지금도 프랑스 정부의 상징으로 쓰이고 있다.

이전에 파리에서 우체국을 갔을 때, 엽서의 빈 우표 부분을 보여주며 우표를 사고 싶다고 손짓 발짓을 하니 저 일반우표만 보여줬다. 다른 것을 원한다고 했더니 없다는 손짓만 했다. 무작정 프랑스 우체국에 가면 우표를 살 수 있으려니 했지만, 프랑스에도 우표를 취급하는 우체국이 거의 남아있지 않았던 것이다.

다행스럽게도 스트라스부르는 관광도시라 그런지 기념우표들이 다양하게 구비되어 있었다. 2016년에 발행된 '한국-프랑스 수교 130주년' 우표가 때마침 스트라스부르 우체국에 남아있었다. 한국으로 보낼 엽서에 붙이려고 그걸 몇 장 샀다. 두 장으로 구성된 이 우표에는 두 나라의 유물이 각각 담겨있다. 한국은 청자투각칠보무늬향로, 프랑스는 금색으로 반짝이는 피핀의 성물함을 실어서 노란색과 민트색의 조화가 산뜻하다.

이런 수교 기념우표나 공동 우표의 경우에는 동일한

디자인의 우표가 양국에서 동시에 발행된다. 그래서 나는 수교 우표를 꼭 산다. 언젠가 그 나라에 엽서를 보낼 때 그 우표를 붙여 보내고 싶기 때문이고, 그 나라에 여행을 갈 때 그 우표를 챙겨가서 이 우표 혹시 있냐고 물어보기 위함이다. 부족한 외국어 실력으로 애써 설명하느니 실물을 보여주는 편이 서로 이해가 더 쉽다. 물론 언제 그 나라에 갈지 모르니, 오래 지나면 이러니 저러니 해도 구할 확률이 떨어지겠지만 혹시 모를 일이니까.

프랑스 버전 수교 130주년 기념우표를 가질 수 있을 거라고는 사실 기대하지도 않았었다. 2016년 6월에 발행된 우표를 거의 1년이 지난 2017년 봄에 찾은 것은 기적이나 다름없었다. 이 우표들은 나를 기다려주었구나. 이것은 운명이나 마찬가지니, 얼마 남지도 않은 우표를 모두 쓸어 담았다.

다른 우표들도 사려고 "이것도 주세요, 저것도 주세요."를 영어와 독일어로 연신 말했다. 연신 구매를 만류하는 직원과 실랑이를 해야 했지만.

"이 우표는 프랑스로 보내는 용이라서 당신에게는 필요가 없어요."

"괜찮아요. 주세요."

"당신이 쓸 수 없는 우표예요."

"이 우표 주세요."

"프랑스 안에서만 보낼 수 있는 우표예요."

여기까지 와서 수집용 우표를 찾는 사람은 없기 때문일까. 내 짧은 언어가 자꾸만 공허하게 흩어졌다. 결국 나는 외쳤다.

"파리에 아는 사람 살아요!"

그렇게 프랑스 국내용 우표를 구매하는 데 성공했다. 파리에 사는 지인이 있으니 거짓말은 아니었다. 그 우표로 지인에게 뭔가 보내진 않았지만.

프랑스 국내용 우표와, 중국인 관광객이 타깃인 듯한 12간지 우표, 누군지는 모르지만 유명하니 우표로 만들어졌겠지 싶은 인물 우표 몇 장을 샀다. 그리고 일반우표 중 가장 소액인 1센트짜리 우표도 50장 샀다.

그때 산 다른 기념우표도 그렇지만, 그 1센트 일반우표도 발송 목적으로 산 것은 아니었다. 하지만 결국 사용을 하게 됐다. 살다 보면 우표를 우체통에 넣는 대신 직접 엽서를 건넬 일이 생기는 법인데, 직접 주는 엽서라는 이유로 우표를 붙이지 않으면 엽서의 모양새가 어색해진다. 그렇다고 진짜 우편 요금에 맞춰 우표를 붙이면 괜한 낭비다. 보통은 이럴 때 우표 모양 스티커나 마스킹 테이프를 붙이고는 했는데, 그보다는 역시 진짜 우표를 붙이는 것이 더 의미 있을 테니까. 게다가 프랑스 일반우표는 예쁘기도 하니까 더 좋았다. 마치 빈티지하면서 심플한 문구류 같다.

1센트짜리 일반우표는 노란색이었다. 이후 내가 손으로 건넨 모든 엽서에는 그 우표가 붙었고, 그때 산 우표는 이제 열몇 장만 남았다.

기차로 일주일, 약 9,000킬로미터를 달려도 계속 같은 나라 안에 있는, 그런 거대한 땅을 가진 나라가 있다고 했다. 유년 시절 어디에선가 읽은 그 시베리아 횡단 열차에 관한 이야기는 20년이 넘도록 내 안에 남아 러시아를 꿈꾸게 한다. "가장 가까운 유럽"이라는 광고 문구로 유명해진 도시, 블라디보스토크에서도 나는 우체국을 찾았다.

2013년 봄이었다. 주기적으로 시베리아 횡단 열차를

찾아보던 내게 특이한 외국 여행 상품이 광고로 떴다. 왕복 10만 원에 러시아를 다녀올 수 있다는 광고에 솔깃했다. 한국과 러시아 사이에서 무비자 협정이 체결되기 전이라 비자 발급 수수료만으로 그 정도가 들던 때였다. 2014년 무비자 협정이 시행되기 전인 2013년에는 직항 비행기가 거의 없다시피 했고, 있다 해도 비행기를 타고 가려면 비자를 받아야 했으니 러시아에 비행기를 타고 가는 것은 힘들었을 것이다. 하지만 광고는 크루즈 상품을 홍보하고 있었다.

강원도 동해항 국제여객터미널에서 블라디보스토크까지 가는 크루즈가 선내 1박 숙박에 식사까지 포함해 99,000원이라고 했다. 4인실이나 6인실은 추가금이 조금 더 붙긴 했지만, 그래도 왕복 10만 원의 표였고, 72시간 동안 유효한 러시아 비자 역할까지 한다고 했다. 편도 21시간 동안 바다에 떠있어야 한다는 것이 조금 걱정스럽긴 했지만, 나는 어디서든 잘 자고 잘 먹기 때문에 별 상관없을 것 같다고도 생각했다. 그래서 2013년 8월, 1루블이 33원이던 때에 첫 러시아 여행을 떠났다.(2023년 3월, 1루블은 17원이다.)

그렇게 처음 도착한 러시아의 8월은 시원하고 신기했다. 블라디보스토크의 날씨가 가장 좋다는 8월이라 그런지 한국의 8월과는 완전히 다른 날씨였다. 미리 조사한 바로는 가장 덜 추운 계절이라고 했다.

길거리에는 키릴 문자가 가득했다. 로마자를 싣고 가다가 실수로 떨어뜨려서 모양이 찌그러진 글자가 키릴 문자라는 농담이 있다. 러시아 여행을 준비하며 집부터 크루즈까지 열심히 외웠지만 단 한 글자도 읽어내지 못했다. 봐도 봐도 도무지 외워지지 않아 현지에서 전혀 써먹지 못했다.

알 수 없는 언어가 가득한 거리였지만, 나는 그저 신났다. 크루즈 안에서 잠만 자다 내렸더니 이렇게 생경한 곳이라니. 다음에 혹시 시베리아 횡단 열차를 타게 된다면, 그때도 8일 내내 잠만 자다가 모스크바에 잘 도착할 거란 생각이 들었다. 언젠가는 기차를 타고 모스크바에 가야겠다는 생각만 무럭무럭 자랐다.

나는 늘 기차가 좋았다. 기차는 어딘가 우편과 닮았다. 둘 다 목적지가 분명하고, 목적지에 반드시 도착한다는 점이 나를 설레게 했다. 기차를 기다릴 때면 나로서는 도무지 알 수 없는 나의 최종 목적지에 대해 생각했다. 엽서에 주소를 쓸 때마다 또 같은 생각을 했다. 물론 해외로 보낸 우편물이 100통이 넘어갈 때쯤에는 꼭 목적지에 도착하는 것만은 아니라는 사실을 깨닫게 되었지만. 가끔 어딘가를 헤매는 경우가 있다고 해도 목적지가 있는 길을 가는 것들이 주는 매력을 없애지는 못했다.

그래서 해외여행을 가면 나에게 엽서를 쓴다. 그 엽서들은 낯선 길을 떠돌고 있는 나에게도 돌아갈 곳, 내 최종 목적지를 상기시켜 준다. 집으로 보낸 엽서들은 여행에서 벗어나서 현실에 적응할 때쯤에 딱 도착한다. 딱 알맞은 시기에 여행의 추억을 떠올리게 하며 여행을 정말로 마무리하게 한다. 여행에서의 좋았던 기억만 오롯이 남기는 방법이다.

블라디보스토크에서도 내게 엽서를 보내기로 했다. 엽서를 한 장 사 주절주절 미래의 나에게 몇 글자 적었다. 아마 별 다를 것 없이 지내고 있을 한두 달 뒤의 나에게 정신 차리고 살고 있냐는 등의 하나 마나 한 소리를 잘도 썼다. 엽서를 보내기 위해 우체국을 찾았다.

블라디보스토크의 우체국은 찾기 어렵지 않았다. 문제는 영어가 전혀 통하지 않았다는 것이다. 포스트크로싱으로 받았던 러시아 우표들이 무척 예뻤기에 여기서 여러 종류의 우표를 사고 싶었는데, 직원은 계속 같은 우표만 주려는 게 아닌가. 다른 우표도 달라고 하기 위해 저기 있는 다른 우표들을 가리키며 손짓을 했다. 다행히 뜻이 통했는지 여러 조합의 우표를 받을 수 있었다. 그런데, 아무래도 이거 기념우표는 아닌 거 같지?

모양은 특이하고 예뻤다. 노을지는 하늘을 배경으로 고풍스러운 성들이 그려져 있었고, 위쪽에 제목처럼 배치된 리본에는 키릴 문자가 적혀있었는데 아마 성의 이름인 듯했다. 성 그림의 왼쪽에는 러시아 우체국의 쌍두독수리 문장이 흑백으로 도장처럼 들어가 있고, 오른쪽에는 세로로 금색 선이 그어져 있고 우표 액면가가 적혀있었다. 다양한 금액대의 우표가 있는 듯했지만 내가 볼 수 있었던 건 10루블과 25루블짜리 우표뿐이었다.

예쁘긴 해도 이건 일반우표였다. 분명 창구 안쪽에 더 다양한 우표가 있었는데, 직원은 이 우표만 보여줬다. 분명 호의이긴 했을 것이다. 내가 쓴 엽서를 들고 갔으니 이걸 보낼 우표가 필요하다고 생각했던 거겠지. 하지만 나는 쓰지 않을 우표도 사고 싶은데.

우표를 세 장 사놓고도 다른 우표 구매를 포기하지 못해 다시 대기 번호를 누르고 기다렸다. 친절한 직원은 내가 몇 장을 붙여야 하는지 모른다고 생각했는지 우표를 직접 엽서에 붙여주기까지 했다. 균형이라고는 하나도 없이, 엽서 한 장에 똑같은 우표가 두 장이나 붙어버렸다! 친절함의 발로였지만, 호의가 늘 호의가 되지는 않는다는 것을 이국에서 느꼈다.

지금이라면 번역기를 사용해서 어떻게든 설명을 해볼 텐데 그때는 종이 지도를 보며 여행을 하던 시기였다. 시대가 많이 바뀌었으니, 이제 다시 러시아에 가면 제대로 우표를 살 수 있겠지.

그때 60일 무비자 협정이 맺어지면 두 달 꽉 채워서 러시아 횡단 여행을 하겠다고 횡단 열차의 시작역인 블라디보스토크에서 다짐했다. 7년이 지난 지금, 아직도 타지 못했다. 키릴 문자를 다 외울 날은 요원해 보인다.

1년 뒤의 나에게 보내는 엽서

우편을 그렇게 많이 보내면서도 사실 나는 우체통을 잘 이용하는 편은 아니다. 우체통에 우편물을 넣는 것보다 우체국에 직접 가서 접수하는 편을 더 선호한다. 우표의 짝꿍 도장을 찍어서 보내는 편이라 그렇고, 접수 직원에게 도장을 선명히 잘 찍어달라고 직접 부탁해야 해서 그렇다.

하지만 평일 오전 아홉 시부터 오후 여섯 시 사이에 우체국을 가기란 생각보다 쉬운 일이 아니다. 써둔 편지를 우체국에 갈 시간이 없어서 며칠 내내 가방에 넣어두고 다니다 보면 '우체통으로 보내는 것이 뭐가 그리 다르다고?' 하는 생각이 들어 이용해 보기도 한다.

게다가 요즘은 사람들이 우체통을 이용하지 않아서 우체통이 점점 없애는 추세라는 말을 듣고 나니 우체통을 좀 더 이용해야겠다는 생각이 든다. 최근 3개월 동안 단 한 통의 편지도 투입되지 않은 우체통은 철거된다고 한다. 그런 우체통이 과연 있을까 싶었지만, 있나 보다. 집 근처에 있던 우체통이 사라졌다. 다행히 지근거리에 우체통이 하나 더 있다. 우체국에 직접 가지 못할 날이 일주일가량 지속되면 엽서를 우체통에 넣고 만다.

한국에서는 단 한 번도 집배원이 우체통을 열어 우편물을 수거해 가는 모습을 본 적이 없다. 대부분 길가에 있으니 한 번쯤은 볼 법도 한데 지나다니면서 본 적이 없다.

독일에서는 거의 매일 우편물 수거 차량을 보았다. 독일 우체통들은 대부분 하루에 두 번씩 수거했고, 점심쯤에 첫 수거를 해갔다. 수거 시간 직전의 독일 우체통들은 종종 더 우편물을 넣지 못할 정도로 가득 차있었다. 그럴 땐 조금만 기다리면 곧 우체통을 수거하러 오는 사람을 볼 수 있었다. 노란 우체통을 열면 플라스틱 통이 있었고, 그 플라스틱 통에 담긴 우편물들을 자루로 옮겨 담아갔다.

한국의 우체통에도 하루에 몇 번 몇 시쯤에 수거하는지 적혀있다. 하지만 빨갛게 새로 도색해 놓고 수거 시간은 표시하지 않은 우체통을 가끔 봤다. 이 우체통이 진짜로 쓰이고 있는 것인지 의아해져 확인해 보려고 내가 나에게 편지를 써서 넣어본 적도 있었다. 수거 시간을 알 수 있을까 싶어 네다섯 시 이후로 우체통에 우편물을 넣어놓고는 받은 지인에게 우표 사진을 찍어달라고 했다. 소인으로 며칠에 접수된 건지 보려고 했던 건데, 다음 날 소인이 찍혀있기도 하고 당일 소인이 찍혀있기도 했다. 받고 나야 접수일을 알 수 있는 슈뢰딩거의 우체통이었다.

한국인은 우체통이라고 하면 빨간색을 떠올릴 것이다. 나도 우체통은 당연히 빨간색이라고 생각한 적이 있다. 하지만 한국 우체통도 원래 빨간색은 아니었다. 1984년 발행된 '한국우편의 어제와 오늘' 우표를 보면 구한국 시대의 우체통을 볼 수 있는데 빨간 칠이 되어 있지 않다. 노란색으로 칠해져 있어서 유럽의 몇몇 나라들처럼 노란 우체통이었던 것일까 했는데 나무 우체통이었던 모양이다.

다른 나라에 갈 때마다 우체국에 가고 엽서를 쓰다 보니 우체통도 참 많이 봤다. 우체통들은 나라마다 제각각 다른 색, 다른 모양을 하고 있었다. 노란색 우체통은 독일에서 살면서 익숙해졌고, 미국과 러시아는 파란 우체통, 대만과 중국은 초록 우체통을 쓴다고 한다. 하지만 국가별 우체통 색을 살펴보니 이러니저러니 해도 빨간색 우체통이 가장 많은 것 같다.

여러 우체통을 봤지만 네덜란드의 우체통이 가장 기억에 남는다. 네모반듯한, 높이 50센티미터 정도 되는 작은 상자에 다리가 붙어있는 모양이었다. 바닥부터 투입구까지 우편물이 높이 쌓일 수 있는 한국이나 독일 우체통을 생각하면 우편물이 보관될 공간이 너무 작아 보였다. 아래는 어디로 가버렸는지 윗부분만 덜렁 남겨진 느낌이었다. 네덜란드는 독일에 비해 디지털화되어서 우편물의 양이 많지 않은가 보다 했는데, 그것도 아

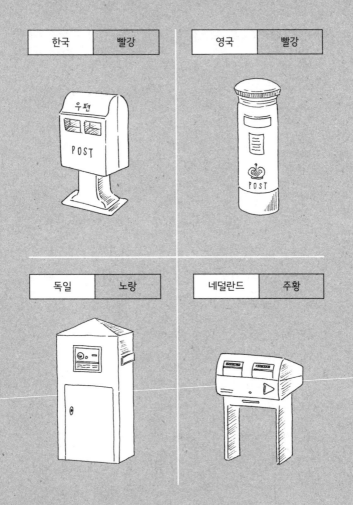

한국	빨강

영국	빨강

독일	노랑

네덜란드	주황

우체통의 모양과 색은 나라마다 제각각이다.

마 맞을 것이다. 하지만 이 우체통에는 그보다 중요한 장점이 있다.

　네덜란드의 우체통은 다리가 따로 달려 있기 때문에 높이를 조절하기가 수월하다. 우체통들은 모두 다른 길이의 다리를 달아 투입구의 높이가 다르게 설치되어 있었다. 어린이나 휠체어를 탄 사람들이 타인의 도움 없이도 직접 우편물을 쉽게 넣을 수 있는 것이다. 암스테르담역 앞에서 우체통에 우편물을 넣는 다양한 사람들을 보면서 사람을 배려하는 디자인이란 저런 것이구나 생각했다.

　우리나라 우체통은 모양이 계속 바뀌었다. 구한 말에 나무로 만들어졌던 우체통은 일제 강점기에 일본과 똑같은 빨간 원통형 철제 우체통이 되었다. 광복 이후에도 계속 원통형이긴 했지만 우편물이 많아진 건지 크기는 좀 더 커졌다. 1957년부터 상단은 빨간색, 하단은 녹색인 네모 상자가 되었다. 이 우체통은 26년간 유지되다가, 1984년에 현재 쓰이고 있는 빨간색 우체통이 되었다. 1994년에는 빠른우편 제도가 생기면서 우체통 투

입구가 두 개로 나뉘었다. 2010년에 빠른우편 제도가
폐지되자 이제 두 투입구는 동일지역/타지역을 구분하
는 데 이용된다.

　1957년부터 사용된 빨강 반 초록 반 레트로 우체통은
지금도 종종 볼 수 있다. 나는 이 우체통을 서울중앙우
체국 지하의 우표박물관, 경기도 수원 광교박물관, 그
리고 경남 진해우체국에서 봤다. 수원과 진해에서 본
우체통은 일반 우체통이 아니고 1년 후에 배달되는 느
린 우체통이었다.

　전국 각지의 관광지에서 느린 우체통들을 볼 수 있
다. 엽서를 써서 넣으면 한 달이나 일 년쯤 지나 보내준
다고 설명이 붙어있는 이 우체통들은 아마 이곳을 방문
한 사람들이 추억을 가지고 가기를 바라서 설치되었을
것이다. 나는 박물관, 관광 안내소, 때때로 우체국에도
있는 이 많은 느린 우체통들을 볼 때마다 대체 어떻게
관리되는지 너무나도 궁금해진다. 어떻게 1년이 다 되
도록 날짜에 맞춰서 우편물을 착착 보관하고 있다가 배
달해 주는 걸까. 이 우체통들에 대해 알아보려고, 설치
된 여러 기관에 전화를 해보았는데도 명확한 답은 들을

수 없었다.

최초의 느린 우체통은 2009년, 영종대교 휴게소에 세워졌다. 그 후 13년 동안 느린 우체통이 전국으로 확산되었고, 최근에는 유명인의 생가 앞에도 세워졌다는 기사를 보았다. 전국에 몇 개나 존재하는지 알고 싶어졌는데 우정사업본부가 아니라 각 지방자치단체에서 개별적으로 진행하는 사업이라 정리된 자료를 찾기가 힘들었다. 관련 기사를 찾아봐도 50개부터 500개까지 아주 천차만별이다.

전부 몇 개나 있는지는 몰라도 느린 우체통을 찾아서 여행하는 것도 괜찮겠다고 생각했다. 천 리 길도 한 걸음부터라고, 가볍게 집 근처부터 돌아보려 했다. 그런데 생각보다 가기가 어려운 장소들이 대부분이었다. 시내버스를 타면 배차 시간이 30분이나 한 시간이라 가지 말까 고민도 해보았지만, 그래도 한번 가보고 싶어서 버스에 몸을 실었다.

버스를 타고 한 시간을 달려 진해우체국에 도착했다. 그곳에서 멀끔한 우체통이 나를 반겼다. 그런데 아무리 둘러봐도 엽서가 없었다. 분명 비치되어 있다고 안내되

어 있었는데? 나는 엽서를 쓰러 온 건데 엽서가 없으면
어떡하라는 거지.

담당자 연락처가 있어 전화를 해보았는데 되돌아온
대답은 다소 당황스러웠다. 이 느린 우체통은 모두에게
공개된 것이 아니고, 근대문화역사길 탐방자만 사용할
수 있다고 했다. 안내문 어디를 봐도 그런 설명은 없었
다. 아쉬웠지만, 근방에 있는 다른 느린 우체통을 찾아
가기로 했다.

진해 해양공원까지 또 버스를 탔다. 해양공원 솔라타
워 전망대에 느린 우체통이 있다고 했다. 진해 해양공
원 솔라타워의 입장료는 3,500원, 창원 시민은 2,000원
이다. 굳이 전망을 볼 생각은 없었지만 내게는 느리게
갈 엽서가 필요했으니 돈을 내고 입장했다.

진해 해양공원 솔라타워 28층에는 느린 우체통이 있
었다. 거기에 있는 우체통은 세 개. 각각 3개월, 6개월,
1년 기간을 두고 보내준다고 적혀있었다. 다 하나씩 넣
어봐야겠다 싶어 친구들에게 보낼 솔라타워 엽서를 네
장 샀다.

3개월과 6개월에 엽서 두 장을 넣고 세 번째 엽서를

쓰려했는데 휴대폰이 꺼져버렸다. 그렇게 당황스러울 수가 없었다. 친구 주소를 봐야 하는데 외우고 있지 않았다. 이걸 어떡하나. 1년 뒤가 확실한 친구에게 느린 우체통으로 연락해 볼 기회는 흔치 않은데.

느린 우체통으로 보낼 엽서를 쓸 때면 마음의 준비를 해야 한다. 3, 6개월 뒤의 미래에 엽서를 쓸 때는 마음이 편했다. 그냥 즐거웠고, 명랑한 마음으로 글을 써내려 갔다. 하지만 1년 뒤에 보낼 엽서라면, 그 시간이 너무 아득해진다. 1년 뒤에 친구는 무엇을 하고 있을까. 나는 무엇을 하고 있을까. 우리는 무엇을 하고 있을까.

친구의 주소를 쓸 수 없으니 내게 있는 주소는 내 주소뿐이다. 하지만 나의 1년 후는 너무 멀게만 느껴져서 내게 도무지 편지를 쓸 수 없었다. 내가 독일에 갈 줄도 모르고 있다가 어느 해에 독일에 갔듯이, 코로나-19 때문에 한국에 붙들릴 줄도 모르고 한국에 들어왔듯이, 1년 뒤에 무엇을 하고 있을지 내 모습을 그릴 수 없었다. 나는 한국에 있을까, 독일에 있을까. 그렇게 엽서를 부치지 못하고 발걸음을 돌렸다.

그게 1년 전 이야기다. 어떻게든 혼자서 살겠다는 결

심이 무뎌진지 어언 한 해가 지났다. 그때나 지금이나 난 달라진 게 별로 없는데, 작년의 나는 올해의 내게 꽤 기대를 했던 모양이다. 내가 지금과 다른 삶의 궤적을 찾기를 바랐던 걸지도 모른다.

내년의 나는 어떨까? 기대해도 될까? 기대하지 않는 것이 좋을까? 내년에도 나는 여기 있을까? 상상하니 기분이 조금 이상해졌다.

지금 당장 느린 우체통에 가서 1년 후의 내게 엽서를 쓰겠느냐고 하면 역시나 망설여진다. 모든 게 불확실해 보이는 이 현실 속에서 1년 뒤의 내게 말을 걸기란, 참으로 어려운 일이다.

이상하고 소란스러운
우표의 세계

초판 1쇄 발행 2023년 4월 5일

지은이 서은경
펴낸이 조미현

책임편집 김솔지
디자인 정은영
일러스트 냥냥빔(고은별)

펴낸곳 ㈜현암사
등록 1951년 12월 24일 · 제10-126호
주소 04029 서울시 마포구 동교로12안길 35
전화 02-365-5051
팩스 02-313-2729
전자우편 editor@hyeonamsa.com
홈페이지 www.hyeonamsa.com

ISBN 978-89-323-2287-2 03810